너에게만 좋은 사람이 되고 싶어

너에게만

좋은 사람이 되고 싶어

유귀선 에세이 ★ 다다 그림

STUDIO:ODR

세상에 같은 사람은 한 명도 없다. 모두 저마다의 일상 속에서 사랑과 이별과 꿈을 품고 살아가고 있다. 우리에게 단 하나의 공통점이 있다면, 순간순간 고민을 하며 밤을 지새운다는 것일지도 모른다.

　온 힘을 다해 사랑했던 사람을 추억하는 일, 힘들었던 이별로부터 마음을 추스르는 일, 사람 하나 내 마음대로 되지 않아 속상해하는 일, 한순간의 선택으로 인생이 좌지우지되는 것 같은 공포감에 시달리는 일⋯⋯. 우리는 그런 일들로 오늘도 늦은 밤 천장을 오래도 바라본다.

　그런 나에게, 그런 당신에게 조금이라도 마음을 넉넉하게 해줄 생각을 더해주고 싶다.
　당신의 모든 순간을 멀리서나마 진심으로 응원하며.

Chapter 3

모두 저마다의 우주를 가진 사람들

Chapter 4

잠깐 쉬어 간다고 길이 길어지는 건 아니야

Special Story

너에게만 전하고픈 12편의 이야기

Chapter 1

기뻐서 잠 못 드는 날들도 내게 있었지

당신과 함께

✕

오늘처럼 갑자기 비가 쏟아지는 날이면
당신과 함께하고 싶다.
당신과 빗소리를 듣고 싶다.

고백

X

혼자 길을 걷다 연인들을 마주치면 괜스레 네 생각이 나. 어제 잠은 잘 잤는지, 아침에 밥은 잘 챙겨 먹었는지, 그런 사소한 것들이 궁금해져.

오늘은 유난히 햇볕이 좋다는 핑계로 너와 거닐고 싶고, 하늘이 조금이라도 흐린 날엔 곧 비가 쏟아질지도 모르겠다며 괜히 우산을 챙겨 널 데리러 가고 싶어.

너에게만 좋은 사람이 되고 싶어. 하루 온종일 네 생각만 하며 살아도 좋겠어.

너도 나에게만 예쁜 사람이 되어주었으면 싶어. 너도 내 생각에 살고, 기쁠 때도 슬플 때도 가장 먼저 나를 떠올려주면 좋겠어.

있지, 아무래도 널 좋아하게 된 거 같아.

알면서도

×

그 사람이 나에게 관심이 없는데도 포기가 안 돼 혼자 끙끙 앓을 때가 있었지. 짝사랑은 잔인해. 그 말부터가 이건 사랑이 아니라고 말하는 것 같기도 해. 그토록 보고 싶고 생각이 나는데도 할 수 있는 게 아무것도 없지.

그 사람의 모든 행동에 괜한 의미 부여를 하고, 혼자 상상하고
걱정하고 초조해할 뿐. 시간이 흘러도 변하지 않을 것을 알면
서도 아주 작은 희망에 매달려 마음을 끊어내지 못해.

연인이라는 건

×

거창하고 특별한 걸 해야 연인인 건 아니야. 오히려 그 반대가 아닐까. 오늘 서로에게 어떤 일이 있었는지 묻고 대답하며 시시콜콜한 이야기를 나누는 것, 내가 좋아하는 게임을 한번 같이 해보자고 졸라대고 네가 좋아하는 책을 같이 읽어보는 것, 각자가 좋아하는 노래를 들려주고 왜 좋아하는지 말해주는 것, 이런 소소한 것들을 아무 의식하지 않고 나누는 사이가 연인이겠지. 그 소중함을 아는 사람들이 연인이겠지.

★

그 소중함을 아는 사람들이
연인이겠지.

속앓이

✕

　너의 친절한 모습에 네가 좋아졌는데, 나한테만 친절한 게 아니라는 걸 알았어. 만나면 친절하게 대해주는 네 모습에 마음이 붕 떴다가도 다른 사람에게도 친절한 걸 아니까 또 혼자 속앓이를 해. 마음 줄 것도 아니면서 왜 그렇게 여지를 남기는 건지. 아, 여지를 주는 게 아니라 너는 그냥 모두에게 잘해주는 사람이지.

네가 너무 미워.

그렇다고 너를 정말 미워할 수 없는 나도 밉고.

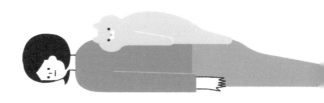

사랑받고 싶어

있는 그대로의 나를 사랑한다면서 사실은 자기가 바라는 모습만 찾는, 그런 말만 번지르르한 사람은 그만 만나고 싶어. 상대방 마음에 들지 않는 모습을 보일까 봐 두려워서, 그러면 나를 금방 떠나겠지 싶어서 늘 눈치를 봐야 했거든. 그래서 정말 불행했어. 내 본래의 모습을 잃어가는 것만 같았어.

그래서 이제는 정말 내 모습 그대로를 사랑해주는 사람을 만날 거야. 나의 생각을 존중해줄 수 있는 사람을 만나고 싶어. 내 의견이 잘못되었다면서 자신의 생각만을 밀어붙이는 그런 사람 말고, 혹은 네가 틀렸지만 내가 참고 넘어가겠다는 식으로 행동하는 사람 말고. 대화를 할 수 있는 사람, 자신의 가치관과 맞지 않더라도 내 생각을 끝까지 들어주고 이해해보려고 하는 사람을 만나고 싶어.

그렇게 배려 깊고 나를 존중할 줄 아는 사람에게 사랑받고
싶어. 그래야 정말 사랑받는다고 느껴질 것 같아.

오늘 밤

✕

오늘 처음 만났는데도 이상하게 당신과 함께 있는 시간에 의미를 부여하게 돼요. 당신을 조금 더 깊이 알고 싶고, 당신을 조금 더 붙들어두고 싶습니다. 당신도 나와 같은 마음이라면 우린 함께 발걸음을 옮기게 되겠죠. 그렇게 함께 분위기 좋은 술집으로 향하고 싶습니다. 당신과는 오랜 시간을 함께 보낸 친구처럼 술잔을 부딪치며 시시콜콜한 이야기들을 나눌 수 있을 것 같아요.

당신의 눈에 내가 어떻게 보일까 걱정스럽기도 하지만, 아무 렴 어떨까요. 당신과 지금을 함께 보낼 수만 있다면요. 나는 용기 를 냈고, 당신도 너무 겁내지 않았으면 해요. 난 당신과 내가 우 리로 불리게 될 거란 확신이 들었거든요.

어린아이 같은 사랑

✕

이제는 어른이라는 소리를 듣는 나이가 되어버렸지만, 사실 난 성숙하지 못해. 사랑에 있어서도 마냥 어린아이 같기만 하지. 여전히 난 사랑을 동경해. 그러다가 사랑이 찾아오면 겁도 없이 그 깊은 곳을 함부로 뛰어들어. 그렇게 몇 번을 빠져 죽을 뻔하고도, 또다시 사랑이 찾아오면 똑같이 반복해. 하지만 그게 잘못됐다는 생각은 안 들어. 비록 내 마음이 다치더라도 사랑할 땐 내 모든 걸 보여주고 싶고, 내 모든 걸 주고 싶어. 마음 가는 대로 다.

이렇게 난 어린아이처럼 사랑을 해. 상대방의 마음을 재고 득과 실을 따지는 사랑은 아직 하고 싶지 않아. 잘할 자신도 없고. 난 이제 그렇게 아무 계산도 걱정도 없이 너에게 갈 준비가 되어 있어. 너는 어때?

그냥 좋아

✕

너를 왜 좋아하느냐는 말에 대답하기가 제일 어려워. 너라는 사람 자체가 좋거든. 예쁜 말을 꾸며내어 대답해줄 수도 있지만, 정말 있는 그대로의 네가 좋으니 어떤 답도 내게는 뭔가 부족한 거야. 그래서 '그냥 다 좋아'라는 시시한 대답밖에 못 하겠어.

나에게 보여주는 미소가 예뻐서 좋아. 여린데 씩씩한 게 좋아. 가끔씩 분을 못 이겨 나한테 화를 낼 때, 말이 꼬이는 게 좋아. 시도 때도 없이 콧노래를 흥얼거리는 네 목소리가 너무 예뻐. 다른 사람들 앞에서 낯을 가리는 것도 좋아. 식당에서 심각하게 메뉴를 고민하는 모습도 재밌어. 자기가 애교가 없다고 생각하는데 문득문득 못 견디게 귀여워. 그렇게 설명을 하자면 끝도 없이 다 좋아.

그러니 내 대답이 성의 없이 들려도 너무 서운해하진 말았으면 해. 내 눈에 네가 모난 곳 하나 없이 전부 다 예쁜 탓이니까.

사랑하는 사람이 생기면

✕

아무 말 없이 너의 눈을 빤히 쳐다보고 싶어. 오로지 나만 선명하게 담겨 있는 너의 깨끗한 눈망울을 보고 싶어. 그다음엔 천천히 붉어지는 너의 솔직한 두 볼을 보고 싶고. 그러면 웃음기 가득한 목소리로 부끄럽게 왜 그렇게 보느냐며 핀잔을 주는 네 목소리를 듣게 되겠지. 그때 나는 너에게 이렇게 대답할 거야.

사랑하는 사람이 생기면

말없이 서로의 눈을 마주하는 걸 꼭 해보고 싶었다고.

기다리는 게 싫지 않아

✕

내가 네게 정말 푹 빠져 있다는 걸 느끼게 되는 순간들은 숱하게 많지만, 너를 기다릴 때 특히 그래. 나는 참을성이 없어서 누굴 정말 못 기다리는 사람이거든. 그런데도 너를 기다리는 건 싫지가 않아. 하루하루 날짜를 지워가며 널 만날 날을 꼽고, 너를 만나기 전날엔 설레어서 잠을 설치면서도, 막상 널 기다리고 있으면 조바심조차 들지 않아. 네가 늦잠을 자 약속에 늦어도 피곤해하는 게 안쓰럽고, 그렇게 피곤한데도 나를 만나러 달려오는 네 마음이 너무 예쁘고 고마워. 까칠했던 내 성격이 너 하나로 인해, 오로지 네 앞에서만 완전히 바뀌어버리는 거 있지. 기다리는 게 힘들지 않은 사람이야, 너는.

★

까칠했던 내 성격이 너 하나로 인해,

오로지 네 앞에서만 완전히 바뀌어버리는 거 있지.

기다리는 게 힘들지 않은 사람이야, 너는.

너의 모든 계절을
사랑할게

✕

봄에는 꼭 너와 벚꽃 구경을 갈 거야. 사람 많은 데를 싫어하는 널 위해서 이미 숨은 명소들을 찾아났지. 네 귀에 벚꽃을 꽂아주고선 꽃보다 네가 더 예쁘다는 말을 해줄 거야. 오글거리고 진부해도 그렇게 내 진심을 전하고 싶어. 봄이라는 핑계로 벚꽃을 빌려서.

여름에는 너무 붙어 있으면 더우니까 서로의 새끼손가락만 잡고 걸을 거야. 다른 손엔 각자 차가운 커피를 들고서. 해가 지고 저녁이 되면 한강에 가서 시원한 강바람을 맞아지. 그땐 네 손을 꼭 잡고 걸을 거야.

가을에는 전에 가보고 싶다던 메밀꽃밭에 가보자. 꽃에 둘러싸인 너의 모습을 내 카메라에 담을 거야. 널 찍는 나를 네가 찍

어줘도 좋겠다. 저녁에는 쌀쌀할 수도 있으니까 난 옷을 하나 더 챙겨 갈 거야. 추위를 많이 타는 너에게 입혀주려고. 그러면 노을까지 같이 오래 바라볼 수 있겠지.

겨울에 눈이 펑펑 내리면 어린아이들처럼 눈싸움도 해보자. 눈사람을 만들 수 있게 눈이 많이 쌓였으면 좋겠다. 붕어빵도 꼭 사 먹을 건데, 넌 좋아하는 꼬리 부분만 먹고 나머지는 내 입에 넣어줘. 네가 너무 추워서 겨울이 없어졌으면 좋겠다고 말하면 나 역시 같은 생각이라고 대답할 거야. 어서 봄이 왔으면 좋겠다고, 또 벚꽃 구경하러 가자고.

그렇게 사계절을 너와 함께 보내고 싶어. 매년 계절이 똑같이 찾아와도 매번 똑같이 행복할 것 같아.

고마운 마음

×

너의 프로필 사진에 내 모습이 담겨 있을 때, 그만큼 좋은 것도 없는 것 같아. 연애를 해도 함께 있는 시간보다 떨어져 있는 시간이 더 많잖아. 그렇게 떨어져 있는 시간 동안 서로가 더 믿고 더 믿음이 가게 해야겠지. 프로필 사진에 상대방의 흔적을 남겨두는 건, 마음을 보여주는 사소한 방법 같아도 사소하지가 않아. 온갖 핑계를 대면서 연인이 있다는 걸 공개적으로 밝히기 꺼리는 사람도 꽤 있지. 너는 그런 사람들과 달라서 좋아.

네 옆에 내가 없는 순간들이 불안하지 않다면
거짓말이겠지만, 그런 불안감을 미리 생각해주는
너의 마음이 예뻐서 좋아.

예쁜 연애

×

정말로 예쁜 연애가 하고 싶다. 마음 넉넉히 여유로운 그런 사랑을 하고 싶다. 매번 새로이 사랑을 확인하는 긴장 넘치는 사랑보다 굳이 확인할 생각이 들지 않는 편안한 사랑을 하고 싶다. 매일 밤 자기 전 당연히 연락할 사람이 있다는 건, 얼마나 특별한가. 하루 종일 별다른 일 없이 같이 있을 수 있다는 건, 또 얼마나 귀한 일인가. 날씨가 좋으면 산책을 나서고, 그러다 마음에 드는 카페를 발견하면 들어가 커피를 마시고, 같이 마트에 가서 장을 봐서 요리를 하고. 괜스레 울적한 날에는 머리를 맞대고 당장 갈수 있는 곳을 찾아 떠나고. 그러다 가끔씩 오롯이 서로를 마주 볼때면 괜히 찡해지는, 그런 예쁜 연애를 하고 싶다.

★

매일 밤 자기 전 당연히 연락할 사람이 있다는 건,
얼마나 특별한가. 하루 종일 별다른 일 없이
같이 있을 수 있다는 건, 또 얼마나 귀한 일인가.

사소한 행복

혹시 그거 알아?

가끔 너와 연락이 안 될 때,

그 잠깐의 부재 속에서

내가 너를 얼마나 아끼고 걱정하는지 다시금 깨달아.

너에게 연락하며 아침을 시작하고

너의 하루를 들으며 잠드는 삶이 얼마나 행복한지 몰라.

네 생각

✕

맛있는 거 먹을 때 네가 가장 먼저 생각나. 너도 이 음식을 분명 좋아할 거 같아서, 나중에 꼭 같이 여기 다시 와야지 하면서 말이야.

지금 난 언제나 네 생각만 한다고 말하는 거야.

상관없어

✕

　아무래도 상관없을 것 같다. 분명 너도 누군가를 헌신적으로 사랑해봤겠지. 또 너의 전부가 되었던 사람을 잃어도 봤겠지. 내가 누군가 때문에 울어도 보고 웃어도 보고 화도 나봤듯이. 그렇지만 난 아무래도 상관없을 것 같다. 변함없이 내 옆에 있어주는 너고, 지금 네 손을 잡고 있는 건 나니까. 나는 그저 네게 더 큰 기쁨을 만들어주고 싶고, 절대 네가 또다시 상처받지 않게 하고 싶을 뿐이야. 지난날들은 지난날들에 두고, 나는 지금 너와 여기서 행복할래.

애칭

✕

　예전에는 연인을 부를 때 애칭을 사용하는 걸 좋아하지 않았어. 여보야, 자기야, 혹은 이름을 괜히 이상하게 줄여 부르는, 그런 표현들이 낯간지럽게 느껴졌지. 내가 워낙 표현하는 게 서툴고, 부끄러움을 많이 타서 그런 줄 알았어. 그런데 너를 만나고 나서는 완전히 달라진 거 알아? 과거의 내가 지금 내 모습을 본다면 혀를 차며 기막혀할지도 몰라. 이상하게 너를 애칭으로 부를 땐 거리낌이 없어. 오히려 이름보다도 애칭이 먼저 나오지. 내가 표현이 서툴고 부끄러움이 많은 건 변함이 없지만, 네가 이름으로만 부르기엔 너무 예쁜 사람이어서 그런가 봐. 그래서 내가 이렇게 변한 건가 봐. 사실 지금의 애칭도 너의 사랑스러움을 전부 담아내기엔 부족하지만 말이야. 세상에 있는 온갖 좋은 말을 다 갖다 붙여도 부족해. 그만큼 내가 너를 사랑한다고, 예뻐한다고 말하고 싶은 거야.

걱정

✕

연락이 조금만 늦어도 오만 가지 잡생각이 드는, 그것은 사랑.

거짓말

　연인 사이에 절대 하지 말아야 할 것은 바로 거짓말이야. 상대가 알게 되면 기분이 나쁠까 봐, 괜히 걱정할까 봐, 이 정도는 괜찮겠지 하며 거짓말을 하는 것은 정말 위험해. 그건 자기 합리화일 뿐이며 분명 잘못된 생각이라고 말하고 싶어. 연애에 선의의 거짓말은 없어. 무엇이 되었건 감추고 속이기보다는 처음부터 솔직하게 말하는 게 어떨까. 연인 사이에서 가장 중요한 건 믿음이잖아. 믿음은 어렵게 쌓이고 쉽게 무너지지. 서로 소중하게 믿음을 지켜나갔으면 좋겠어.

익숙한 사랑을
한다는 것에 관하여

✕

이젠 널 안다고 자부해도 될 것 같아.

넌 매운 음식을 좋아하지만 사실 그다지 잘 먹는 편은 아니라서 옆에 우유가 꼭 있어야 해. 커피를 좋아한다고 말하지만 아메리카노는 너무 써서 못 먹지. 사람들을 만나는 걸 좋아하면서도 바빠서 혼자만의 시간이 부족해지면 얼마 못 가 우울해하고는 해.

네가 중요한 약속이 있을 때 굽 낮은 로퍼를 신는다는 걸 알아. 특히 기분이 좋은 날에만 노란색 병의 향수를 뿌린다는 것도 알고 있어. 대화 도중 시선이 자꾸 아래로 향한다면, 뭔가 정말로 하고픈 말이 있는데 망설이고 있다는 뜻이란 것도 알지.

예전에 내가 그냥 지나가는 말로 그랬어. 수십 년을 같이 산 부부는 무슨 재미로 살까? 이미 서로에 대해 다 아니까 지루할 것 같아.

그때는 그러게, 하며 넘겼지만 지금은 이렇게 대답할 수 있을 것 같아.

난 너라는 사람을 많이 알게 된 것에 평생 감사하며 살 거야. 그러면서도 오늘은 네가 나갈 때 무슨 옷을 입을까, 나에게 어떤 잔소리를 할까, 잠꼬대는 또 어떻게 할까 하며 매일매일 너를 궁금해할 거야. 네 행동을 예상하고 맞히는 소소한 재미로 지루할 틈이 없을 것 같아. 내 예상 그대로 네가 보여준다면, 그만큼 널 많이 안다는 기쁨을 느끼겠지. 예상이 빗나간다면 널 더 알게 됐

으니 기쁠 테고. 그렇게 너를 많이 알고 있다는 것에 감사하며,
더 작은 부분까지 너의 전부를 알고 싶어 하며 살 거야.

그러니 그런 바보 같은 걱정은 말아.

★

난 너라는 사람을 많이 알게 된 것에
평생 감사하며 살 거야.

편안한 침묵

✕

　너와 쉴 틈 없이 이야기를 주고받고 장난치는 것도 좋지만, 가끔씩 찾아오는 침묵도 참 좋아. 서로 아무 말 없이 있어도 불편하거나 어색하지 않기란 사실 그렇게 쉽지가 않아. 그런데 너와 있을 때의 침묵은 나를 편안하게 만들어줘. 서로 아무 말 하지 않아도 어색하지 않은 사람, 함께 있을 때 생각이 더 잘 정리가 되는 사람, 가끔씩 들리는 숨소리가 아늑하게 느껴지는 사람. 내게 그런 사람이 되어줘서 고마워.

★

가끔씩 들리는 숨소리가 아늑하게 느껴지는 사람.
내게 그런 사람이 되어줘서 고마워.

잔소리

×

너는 정말 잔소리가 많은 거 같아. 그런데 웃긴 거 하나 말해줄까? 계속 잔소리를 들으면서도, 나는 이상하게 그런 네가 더 예뻐 보이는 거 있지. 평소에는 말실수가 그리 많은 네가 잔소리를 할 때는 화가 난 표정으로 조곤조곤 막힘없이 얘기하는 게 내 눈엔 한없이 귀엽기만 하다. 네가 하는 모든 말들은 다 나를 걱정해서 하는 말인 거, 나도 알아. 그래서 고맙기도 하고, 자꾸 걱정을 시켜 미안하기도 하고 그래. 네가 잔소리하는 일이 줄어들도록 내가 노력하고 고칠게.

그래도 나한테 잔소리해줘.
평생 나한테만.

멀리 있어 더 애틋한

✕

몸이 멀어지면 마음도 멀어진다고 하지. 왜 그런 말을 하는지는 알지만, 난 그게 정답이라고 생각하진 않아. 나는 너와 멀리 떨어져 있는 지금이 더 애틋해. 매일 볼 수 없어서 네 얼굴을 보는 날이 더 기다려진다. 드디어 만나 함께 있다가 각자의 일상으로 돌아가야 할 시간이 되면, 조금이라도 더 같이 있고 싶어서 막차를 탈 수밖에 없어. 떨어져 있는 동안에는 내 모든 정신이 핸드폰에 집중돼. 눈뜨자마자 너에게 잘 잤는지 묻고, 정작 나는 끼니를 거르면서도 너에겐 밥 잘 챙겨 먹으라고 매 끼니마다 문자를 보내. 하루의 마무리는 네게 어떤 일이 있었는지 듣는 일이지.

멀리 있는 게 좋지는 않아. 가끔은 당장 너를 볼 수 없다는 사실이 나를 힘들게 할 때도 있어. 그런데 말이야, 그렇다고 해서 사랑을 포기하고 싶어지는 건 아니야. 그냥, 더 많이 보고 싶다고.

사랑을 할 때는

✕

1. 어떠한 일이 있어도 섣부르게 헤어질 생각을 하지 말자.
2. 만나서 인연을 정리할 용기가 없으면 헤어지자는 말은 꺼내지도 말자.
3. 서운하거나 불만이 있으면 표현하고 풀어가자.
4. 항상 서로가 우선순위라고 생각하고 행동하자.
5. 서로 절대 거짓말은 하지 말고, 숨기지 말자.
6. 미안한 마음이 들었다면 자존심을 내세우지 말고 사과하자.
7. 싸우다가 상대방이 사과하면 더 몰아붙이지 말자.
8. 당연한 것은 그 무엇도 없다.
9. 상대방이 싫어하는 것에 귀를 기울이자.
10. 남을 대하듯 조심하고 가족을 대하듯 아껴주자.

질투심

✕

나는 질투심이 많아. 나만 좋아해주는 게 좋아. 그러니까 괜히 신경 쓰일 일 처음부터 만들지 말라고. 이기적이고 못된 마음인 거 아는데 어쩌겠어. 계속 사랑을 확인하고 싶고 지키고 싶은걸.

다름을
이해한다는 것

✕

　너와 내가 생각이 다 같을 수 없다는 걸 머리로는 너무나 잘 알면서도, 종종 마음이 상하곤 했어. 널 이해할 수가 없었고 네 생각이 잘못된 거라고 핀잔을 주고 싶기도 했어. 내 마음을 몰라주는 네가 미웠어.

　그래도 나, 네 이야기를 잘 들어보기로 했어. 내가 선택한 사람인데, 다 이유가 있겠거니 하면서. 그러자 지금까지 내가 듣지 못한 말들이 들리더라. 너는 그저 더 마음을 표현해달라, 소중함을 알 수 있게 해달라는 거였는데, 내가 끝까지 날을 세우느라 '그렇다면 넌 날 사랑하는 게 아니야'라는 말을 하게 만들었더라. 그리고 나 역시 자존심 때문에 속마음을 말하지 못하고 '우린 너무 달라'라는 말로 널 몰아세웠더라.

틀린 게 아니라 다른 거다, 라고들 하지. 돌아보니 우린 다른 게 아니라, 틀리게 말을 하고 있었던 것 같아. 이제부턴 더 잘 말할게. 그리고 더 잘 들을게. 우리 그렇게 서로를 이해하기 위해 노력해보자. 그럴 수 있을 때 비로소 사랑이라 말할 수 있는 거겠지.

결혼

×

　예전부터 꿈꿔왔어. 결혼은 이런 사람과 하고 싶다고 말이야. 내가 힘들 때 항상 옆에 있어주고, 나 역시 그 곁을 지켜주고픈 사람. 가끔은 다투고 싸우고 토라져도 그 사람이라는 이유만으로 다 괜찮아지고 용서가 되는 사람. 그런 사람이 나타난다면 결혼을 해도 되겠다고.

　나를 행복하게 해주는 사람을 옆에 두는 건, 분명 감사한 일이야. 하지만 그런 사람과도 작은 부딪침은 생길 수 있어. 사람은 모두 제각기 다르니까. 다른 성별로, 다른 가정, 다른 환경에서 살아온 우리가 아주 같을 수는 없으니까.

가끔은 서로가 서로를 온전히 이해하기가 버거울 때도 있겠지만, 그럼에도 불구하고 내 외로웠던 삶을 동행할 사람이 당신이라면 괜찮지 않을까 싶어. 함께 손잡고 걸어나갈 수 있는 사람이 당신이라면 괜찮지 않을까 싶어.

설령 앞으로 우리가 함께 걷는 길에 어떤 비바람이 휘몰아쳐도 언제나 당신과 함께하겠다고, 내 한쪽 어깨가 다 젖어도 당신은 젖게 하지 않겠다고, 옷을 젖게 한 작은 우산을 탓하지조차 않겠다고, 그렇게 당신에게 전하고 싶어.

그러니 앞으로 내 곁에서 함께해도 괜찮을 거라고. 그러면 나도 정말 괜찮을 거라고 말이야.

그렇게 사랑하자

╳

무슨 일이 있어도 기억하자. 처음 만났을 때 그 두근거림과 배려를 잊지 말자. 서로가 서로의 옆에 있는 게 당연한 권리라고 생각지 않도록, 서로의 존재를 언제나 소중히 여기도록. 화가 나서 상처 주는 말을 내지르고 싶어지면, 우리가 얼마나 많은 우연을 거쳐 만나게 되었는지를 기억하자. 그렇게 사랑하자, 우리.

우리가 얼마나 많은 우연을 거쳐
만나게 되었는지를 기억하자.
그렇게 사랑하자, 우리.

잠꼬대

✕

너는 가끔씩 자다가 나에게 말을 걸어오는 것처럼 선명하게 잠꼬대를 할 때가 있어. 무슨 꿈을 꾸고 있는지, 꿈속의 너는 무얼 하고 있는지, 그 꿈속에 나도 함께인지, 묻고 싶은 게 참 많아. 네가 잠에서 깨어나면 아무것도 기억하지 못해서 너무 아쉬워.

확실한 건, 너는 잠꼬대마저도 사랑스러운 사람이구나.

★

확실한 건, 너는 잠꼬대마저도
사랑스러운 사람이구나.

같이 살자

✕

하루라도 더 빨리 너와 같이 살고 싶어. 너를 만나러 가기 위해 서둘러 나서는 아침 대신, 느지막하게 일어나 옆에서 곤히 잠들어 있는 너를 안아주며 시작하는 아침을 맞고 싶어. 같이 냉장고를 뒤적거리며 아침 메뉴를 정하고, 너를 내 등 뒤에 꼭 붙여놓은 채로 설거지를 하는 거지. 한없이 나른한 일요일 오후, 함께 과자를 먹으며 영화도 보고. 내일 또 봐 하며 너의 뒷모습을 지켜보는 대신, 서로 한참을 이야기 나누다 잠드는 줄도 모르게 잠들고 싶어.

너와 떨어져 보내는 1분 1초가 아까워. 너는 내게 24시간을 보고 있어도 좋을 것 같은 사람이야. 그러니 하루빨리 같이 살자.

★

내일 또 봐 하며 너의 뒷모습을 지켜보는 대신.

서로 한참을 이야기 나누다 잠드는 줄도 모르게 잠들고 싶어.

서운하더라도

✕

우리 서운한 일이 생겨도 이제 다투지 않기로 해요. 가끔씩은 그냥 넘어가기로 해요. 그럴 수 있잖아요. 이미 미안한 마음이 들었는데 자존심을 내려놓지 못해 싸울 때도 많았으니까. 나는요, 우리가 다툴수록 두려워요. 당신이 나와의 연애에 지치고 힘들어할까 봐, 그러다 우리의 관계가 무너질까 봐요. 그냥 화나는 마음을 표현해버리면 속은 시원할지도 모르죠. 하지만 그보다는 당신이 더 중요해요. 싸우면 싸울수록 더 깊어지고 더 많이 알아간다고들 하는데, 글쎄요. 그렇게 반복되면 결국 지치기 마련이라고 생각해요. 최대한 싸우지 않으면서 대화로 해결해나가는 게 좋지 않을까요. 다투지 말아요, 우리. 이해하려고 노력해요.

마음의 크기

X

상대방이 나를 더 좋아하게 만들 수 없을까? 하는 생각이 든다는 건, 아마 너의 마음이 상대방의 마음보다 크다는 걸 느끼고 있다는 거겠지.

그런데 사실, 상대방이 나를 더 좋아하게 만드는 방법 같은 건 없어. 내 마음도 마음대로 되지 않는데, 타인의 마음은 더더욱 그렇지. 물론 네가 그걸 모르고 있진 않을 거야. 그만큼 조바심이 날 뿐이지. 불안한 마음에 어떻게든 방법을 찾고 싶어서 그런 질문을 하게 되는 것 같아.

그렇다면 난 이렇게 대답하고 싶어. 그냥 지금처럼만 하라고. 마음 주는 걸 겁내지 말고, 계속 하던 대로 사랑을 하라고. 만약 상대방이 정말 너의 사람이 될 사람이라면, 그럴 가치가 있는 사람이라면, 네 진심을 모른 체하지 않고, 업신여기지 않고, 본인 또한 더 마음을 열어가게 될 거야. 조금 늦어지더라도 필히.

만약 그럴 만한 사람이 못 된다 하더라도, 아낌없이 사랑했으면 좋겠어. 원래 사람은 잘해줘봐야 본심이 더 드러난다잖아. 그리고 해주고 싶은 걸 다 해준 사람만이 뒤를 돌아보지 않을 수 있는 법이니까. 처음부터 너의 사람이 아니었던 사람에게 일말의 미련을 품지 않기 위해서라도, 아낌없이 사랑해주길. 그리고 또다시 다른 사랑을 하길 바라. 너의 사랑이 아깝지 않게 해줄 사람을 찾게 될 때까지. 그렇게 계속.

미련한 사랑

×

사랑은 참 씁쓸한 것이기도 해. 얼굴도 이름도 몰랐던 사람이 어느 순간 삶의 전부가 되고, 그 사람이 떠나버리면 삶이 무너져 버리고 마니까. 찬란했던 한 세상이 한순간에 불 꺼진 작은 다락 방이 되어버려. 다시 누군가를 만나 사랑할 수 있을까 하는 의문이 드는가 하면, 다신 사랑 같은 거 안 하겠다고 다짐하게도 되지.

그런데 사랑이라는 게 그렇더라. 마음먹는 대로 되지가 않아. 데고 베이고 난도질당해도 사랑은 꼭 무섭게 다시 나를 찾아오더라. 이 사람이라면 다르지 않을까. 이 사람과 함께라면 내가 달라질 수 있지 않을까. 또다시 기대하며 발을 들여놓게 되더라고.

사랑에 여러 번 데어보고도 또다시 사랑을 시작한다는 거, 난 절대 미련한 짓이라고 생각지 않아. 망각하고 기대하지 않으면, 아픔이 되지 않을 인연의 기회도 없을 테니까. 그러니 우린 미련한 게 아니야. 그저 사랑을 할 뿐이지.

Chapter 2

사랑이 끝날 때 사랑이 끝날 수만 있다면

후유증

✕

너도 꼭 너 같은 사람 만나서 나만큼 아파해라.

그리고 그때 다시 내 생각이 나기를.

네 세상도 무너지기를.

이별

✕

우리가 헤어지던 그 순간에는 네 빈자리가 이토록 클 줄 몰랐어. 근데 내가 틀렸더라. 시간이 지나면 지날수록 너를 떠나보낸 내가 싫어져. 네가 없는 내 삶이 점점 더 공허해지기만 해. 네 마음에 남긴 상처들, 더 많이 사랑해주지 못한 아쉬움이 고스란히 내 몫으로도 남았어. 우습게도 요즘 들어 네 미소가 아른거린다. 이제 와 아무 소용 없지만, 그때 네가 했던 말들이 지금에야 이해가 된다. 그래, 너는 내가 널 사랑하는지 몰랐겠더라. 난 감정 표현에 서툴렀고, 표현 안 해도 되는 줄 알았지. 왜 난 우리 관계에서 네가 더 많이 표현하는 걸 당연하게 여기고, 네가 안달을 낸다고 몰아세웠을까. 예전으로 돌아가자고, 잘할 수 있다고, 다시는 마음 아프게 하는 일 없게 만들겠다고, 외롭게 두지 않겠다고 말하고 싶지만, 너무 늦어버린 거겠지. 네가 다른 사람에게 내게 보여줬던 미소를 지어 보이고, 따뜻하게 말을 들어주고 감싸 안아주는 걸 상상만 해도 숨이 턱 막혀. 너를 그리워하다 잠드는 것이, 너와의 추억이 있는 곳 근처에도 못 가는 것이, 이제야 내 사랑이 이기적이었음을 깨달은 것이, 그러면서도 널 잡을 엄두도 못 내는 것이, 벌이라면 벌이겠지. 나는 네가 내 곁에 있을 때만큼 나를 사랑할 수 없게 되었어.

후회

✕

잃어봐야 얼마나 소중했는지 안다.
깨달음은 너무 늦고 소용이 없다.

평소와 다른
오늘

✕

평소와 다를 게 하나 없는 날이었다. 아니 그 시점을 어디에 두느냐에 따라 많이 다르기도 한 날이었다.

만나자마자 보고 싶어 죽는 줄 알았다며 말장난을 주고받던 우리는 '왔어?' '응' 단 두 마디로 그 길었던 인사를 대신했다. 카페에서 시간이 가는 줄 모르고 이야기를 나누다 직원들에게 마감 안내를 받곤 했던 우리가 음료를 채 절반도 마시기 전에 이야깃거리가 떨어졌다. 하루 종일 붙어 있고도 무슨 할 말이 그리 많이 남았었는지 늦은 새벽까지 졸음을 참아가며 통화를 하던 우리가 어제도 '나 먼저 잘게'로 저녁 인사를 대신했다.

무엇이 우릴 변하게 만든 걸까. 이유라도 있다면 좋으련마는, 나쁜 사람도 없고 잘못한 사람도 없다. 그저 너무 오래 만났다 탓하기에도, 그 시간들이 소중해 그럴 수가 없다. 대상 없는 원망을 마음에 품은 채 하루하루를 버텨왔다.

그런데, 이렇게 끝이 나게 되었구나. 너는 이별을 말하며 울었고, 나는 마지막 짐을 네가 짊어지게 해버린 것을 후회했다. 그렇게 우리는 서로가 없는 일상으로 걸어 나갔다.

빈집

×

네가 떠나고도 늦은 밤 집에 돌아오면 여전히 네가 가득해.

목을 조여오는 적막함을 조금이나마 덜어내보고자 TV를 켜고 소파에 앉으면, 그 옆에 공포 영화는 보지 말자며 내 팔을 꽉 쥐던 네가 있어. 혼자 식탁에 앉으면 네가 들어오자마자 물을 반쯤 마시고 내려놓던 물컵이 빈 채 놓여 있어. 막 양치질을 끝내고 입을 헹구어내려면 네가 옆에서 입안 한가득 치약 거품을 물고 아직 3분 안 됐다고 잔소리하는 게 들려.

너 없는 나의 공간이 낯설게만 느껴져. 늘 혼자였던 내 삶에 네가 잠시 들렀다가 다시 네 자리로 돌아간 것뿐인데, 널 만나기 이전의 내 자리로 돌아왔을 뿐인데. 모든 곳에서, 모든 것에서 너의 빈자리를 느껴.

가장 편안하고 아늑했던 내 집마저 나를 숨 막히게 만들어.

달라진 건 내 옆에 네가 없다는 것, 그것뿐인데 말이야.

네가 떠나고도 늦은 밤 집에 돌아오면
여전히 네가 가득해.

알고 있어

✕

난 알고 있어. 우리의 사랑은 실패작이라는 걸. 다시 되살아나길 간절히 바랐어. 하지만 이미 너무 늦어버린 것 같아. 우린 서로에게 더 이상 좋은 영향을 줄 수 없어. 서로가 서로의 인생에 반드시 필요했던 나날은 이제 지났어.

하지만 아직도 발걸음이 떨어지지가 않아. 어떻게 내가 널 지울 수 있을까. 무엇으로 네 빈자리를 채울 수 있을까. 너 없던 날들에 내가 어땠는지 기억조차 나지 않는데.

멀지 않은 곳에 등을 돌린 채 가만히 서 있는 네가 보여. 너도 나와 같은 생각이겠지. 너도 내가 없을 너의 삶을 두려워하고 있 겠지. 하지만 너 역시 이전으로 돌아갈 수 없다는 걸 아는 듯해.

우린 알고 있어. 우리의 사랑은 끝나버렸고, 죽어버렸어. 계속 함께한다 해도 부질없다는 걸 너무 잘 알아. 이미 시들어버린 꽃 에 물과 햇빛을 주어도 다시 피어날 수는 없는 것처럼.

★

이미 너무 늦어버린 것 같아.
서로가 서로의 인생에 반드시 필요했던
나날은 이제 지났어.

너를 위한 이별

더 좋은 사람 만날 수 있을 거야. 넌 그럴 자격이 충분한 사람 이니까. 이제 더 이상 나 때문에 아파하지 말고 행복하기만을 바 랄게. 널 위해서라도 우린 헤어지는 게 맞아……

그런 말들로 나를 내치고서는 다 나를 위한 거라고. 세상에 그 런 이별이 어디 있니. 상대방을 위한 작별 인사가 어디 있어. 너 도 알잖아. 내가 정말 행복하려면 네가 옆에 있어야 한다는 거. 다 알고 있으면서 그냥 네 마음 편하자고 그런 쉬운 말을 내뱉는 거잖아.

못 해준 게 많아 미안해서 안 되겠다고. 미안하면 지금보다 잘 해주려고 노력을 해야지, 그런데도 곁을 지켜줘서 고맙다고 해 야지. 이렇게 날 위하는 척 마음의 짐을 덜어낼 게 아니라.

지금 네 행동이 얼마나 무책임한 줄 알아? 이별마저도 편하게 하려 하다니. 비겁하게 날 위한 이별이라 칭하지 마. 난 한 번도 끝을 원한 적 없어. 차라리 내가 귀찮고 지겨워졌다고, 나에게 쏟을 관심조차 아까워졌다고 말했다면 이렇게 상처받지 않았을 거야.

내가 네 변한 마음에 밤잠을 설칠 때,
너는 우리의 관계에서 쉽게 도망칠 생각만 하고 있었구나.

못된 마음

×

잇더라도 천천히 잊어줬으면 좋겠다.

잘 지내다가도 내 생각이 나고,

나 때문에 밤잠을 설치기도 했으면 한다.

괜찮다가도 가끔씩 네 삶이 흔들렸으면 한다.

그렇게 나라는 사람이 너에게 흉터로 남았으면 한다.

너는 알았을까

✕

네가 나에게 영원히 함께하겠다고 했을 때, 너도 그 말을 진심으로 믿었을까. 너도 네 마음이 변할 걸 몰랐을까. 아니면 그때 너의 감정에 취해 듣기 좋은 말들을 그냥 했던 것일까. 네 맘 어딘가에서는 그 말이 거짓이 될 줄을 알고 있었을까.

쉬운 사람

✕

내가 생각하기에도 나는 참 쉬운 사람이었다. 네가 내 전부인 줄만 알았고, 이럴 거면 헤어져라는 말을 입에 달고 살았던 너라서 행여 실수를 할까 늘 불안했다. 네가 떠나갈까 봐 싫은 소리 한번 못하고 혼자 상처를 삼키면서도 작은 관심과 표현 하나에 다 잊기도 했다. 분명 너도 알고 있었겠지. 네 앞에서 난 언제나 약자였고, 을이었다는 걸.

그래서 난 괜찮다. 너는 내 전부였고, 내 모든 마음을 네게 쏟았으니, 남은 '만약'도, 남은 후회도 없다. 그래도 너는 괜찮지 않았으면 좋겠다. 내 마음을 가볍게 생각했던 것, 솔직한 성격이라는 말로 포장해 내게 상처를 남겼던 것, 모두 너에게 '만약'과 후회로 남아 오래오래 네 마음을 괴롭혔으면 좋겠다.

그렇게 너만을 사랑했던 너를 원망하며 매일 밤을 뒤척였
으면 좋겠다.

변해가는 너

✕

여자

어쩐지 요즘 네가 이상하다 했어. 같이 있을 때 내게 눈길 한 번 주지 않고 휴대폰만 들여다보고. 누구냐고 물으면 항상 애매하게 대답했잖아. 밤늦게 일이 생겼다며 나가질 않나. 아니길 바랐지만 결국 내 예상이 맞았어. 넌 이미 다른 사랑을 시작한 거였어. 내가 그렇게 신경 쓰인다고, 조심 좀 해달라고 했던 그 사람과. 절대 아니라며 구속하지 말아달라고 말하면서 넌 대체 무슨 생각을 했던 거니. 나도 참 미련하지, 그때부터 알고 있었으면서 왜 애써 모른 척했을까. 이런 걸 사랑이라고 했다니. 매일 밤 질문에 질문이 꼬리를 물어 밤새 뒤척이곤 했어. 언제부터 왜 무엇이 잘못되었던 걸까. 뭐, 아무래도 상관없어. 이젠 잠도 잘 자고 밥도 잘 먹어. 나는 널 놓았어. 잘 지내라. 너무 행복하진 말고.

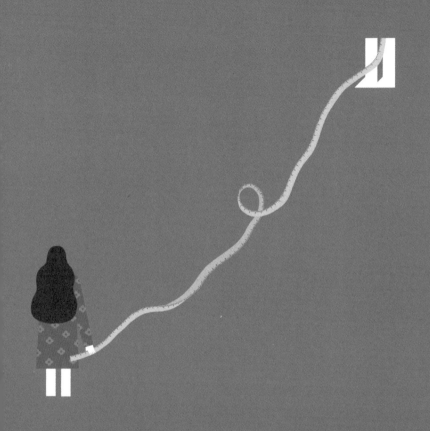

★

그때부터 알고 있었으면서 왜 애써 모른 척했을까.

이런 걸 사랑이라고 했다니.

남자

네 말이 다 맞아. 오랜 기간 너와 함께하면서 무료해진 마음에 다른 사람에게 관심을 갖기 시작했어. 너와 같이 있으면서도 그 사람의 연락을 기다리고, 일 핑계로 그 사람과 자주 만났지. 너 몰래 그 사람을 만난 날 너와 우연히 마주쳤을 때, 머릿속이 온통 하얘져 또다시 일 핑계를 댔어. 그때라도, 그때만큼이라도 너에게 솔직했어야 했는데. 너에게 난 끝까지 거짓말만 했어. 결국 이별의 말도 네가 꺼내게 만들고.

　이런 말 너에게 하지도 못하고 너는 듣고 싶지도 않겠지만, 그 사람을 사랑했던 건 아니야. 내가 어리석고 이기적이어서 권태감에 아무 생각 없이 만났던 거야. 새로운 설렘에 빠져 나쁜 짓을 했어. 항상 내 옆에 있어준 널 속이고 외롭게 만들어서 미안해. 이런 걸 사랑이라고 했다니. 일을 이렇게 만든 게 너무 후회가 된다. 아직까지도 밤새 너를 찾다 아침을 맞곤 해. 차마 돌아와달라고는 못 하겠다. 잘 지내. 이젠 행복하길 바랄게.

이젠 너와
헤어질 수 있을 것 같아

✕

너도 많이 힘들었겠지. 마음에도 없는 사람과 하루하루를 보내야 했으니 말이야. 그래도 내 이기적인 마음에 너를 좀 더 붙잡아두고 싶었어.

나와 함께 있는 시간을 지루해하는 게 눈에 보였어. 더 이상 내게 남은 사랑이 없다는 걸 너의 목소리에서 느꼈어. 나에게 관심조차 없다는 걸 너무 잘 알았어. 그래도 네 옆에 있고 싶었어. 널 보낼 준비가 안 되어서, 아직 혼자가 될 자신이 없어서. 그래서 계속 널 붙잡았던 거야. 눈치 없는 척 애써 너에게 웃어 보이고, 꾸역꾸역 할 말을 만들어 대화를 이어가고, 하염없이 네 연락을 기다렸어.

근데 이젠 그만하려고. 너를 위해서도, 나를 위해서도 그만하는 게 맞는 것 같아. 네가 옆에 있어도 외롭고 비참하다는 걸 깨달았어. 그걸 이렇게 온몸으로 느끼고서야 널 보낼 수 있게 됐어. 어쩌면 너는 기다려준 것일까. 내가 우리가 끝났다는 것을 받아들일 때까지. 많이 늦었지만 이젠 너와 헤어질 수 있을 것 같아. 기다려줘서 고마워. 잘 가.

당신이라는 그늘

×

친구들도, 주변 사람들도, 나조차도 어서 이곳에서 벗어나라 말하지만, 여전히 움직일 수가 없습니다. 여전히 내 발목을 붙잡고 놔주지 않는 것들이 너무나 많아요. 내게 사랑한다고 말하던 당신의 목소리가 있습니다. 말하지 않아도 사랑을 느낄 수 있었던 당신의 눈빛이 있습니다. 함께한 추억도, 당신과 내가 담긴 크고 작은 계획들도 있습니다. 한편으로는 다 잊고 싶지만, 또 한편으로는 거기에 기대어 살아갑니다. 나를 너무 아프게 만들지만, 그 안에 날 사랑했던 당신이 있고, 당신의 사랑을 받던 내가 있으니까. 서로가 서로에게 전부였던 나날을 지금은 떠나보낼 자신이 없습니다. 그렇게 날 가둔 것도 당신이고, 나를 간신히 살아 숨 쉬게 하는 것도 당신입니다. 어떻게 해야만 하는지 나도 잘 알고 있습니다. 뿌리쳐야 하고, 벗어나야 하겠죠. 하지만 어차피 여기 혼자 남았으니 서둘러 떠날 필요는 없을 것 같아요.

조금 더 아파하다가, 조금 더 기대다가, 떠날 수 있을 때 그때 정말 떠나보겠습니다. 그때가 오기 전까진 조금만 더 있을게요.

멀리 있는 사람

✕

너와 가까워지길 바랐어. 당연히 이제 가까워졌다고 생각했어. 네가 나에게 소중한 만큼, 나도 너에게 소중한 사람이 되었을 거라고 생각했어. 내가 너에게 마음을 다 보여준 만큼, 너도 나에게 솔직하다고 생각했어. 너를 가장 잘 아는 건 나라고 자신했어. 그런데 내 착각이었구나. 그렇게 오랜 시간을 함께했지만, 너는 내게서 너무 멀리 있었다. 이제 와 생각해보니 애초에 가까워진 적도 없었던 거 같아. 내가 한 걸음 다가갈 때마다 너는 진심을 숨기고 한 걸음 네 안으로 물러섰던 것일까. 그저 옆에 있어줄 사람이 필요해서 애써 나를 사랑하는 척했던 걸까. 너는 왜 그렇게 멀리 떨어진 채 내 옆에 있었던 걸까.

★

너는 왜 그렇게 멀리 떨어진 채
내 옆에 있었던 걸까.

혼잣말

✕

너한테 다시 연락이 오면 그땐 어떨까.

글자로 이별을 말한다는 것

✕

나는 비겁하게 이별을 했었어. 문자로 구구절절 변명을 하고
관계를 끝내버렸지. 그런 나에게 큰 가르침을 줬던 사람이 있어.
그 사람에게 내가 또 못난 말로 이별을 고했을 때, 그 사람은 달
려와 나를 붙잡아주었어. 분명 자존심이 상하고 화가 났을 텐데
도. 그 사람이 그랬어. 안 좋은 말일수록 꼭 만나서 얼굴을 보고
이야기해야 된다고. 얼굴을 마주하고 할 자신이 없는 말은 하는
게 아니라고. 그 사람 말이 맞아. 쉽게 사람을 놓아버리면, 놓아
버리는 쪽이 분명 후회하게 되더라. 아직도 그 말을 곱씹으면
서 살아. 사랑을 할 때만이 아니라 이별을 할 때도 최선을 다하는
사람이 되어야겠다고 말이야.

그리움

✕

보고 싶어요. 보고 싶어요. 정말 미치도록 많이. 하지만 우린 이미 끝난 사이죠. 행여 당신 목소리를 듣고 싶을까 봐 술도 마시지 않아요. 당신을 괴롭히게 될까 봐. 당신도 가끔은 내가 아직 그리운가요. 아니면 이미 나는 흐릿해져버렸을까요. 오늘 낮에는 날씨가 정말 좋더군요. 바람이 선선하고, 맑아도 해는 내리쬐지 않았어요. 우리 이런 날이면 산책 나가는 걸 참 좋아했었는데.

★

우리 이런 날이면

산책 나가는 걸 참 좋아했었는데.

미처 끝내지 못한

✕

너와 헤어지고 꽤나 시간이 흘렀지. 이제 네 모습도 보이지 않고, 목소리도 들리지 않아. 친구들도 내가 훨씬 괜찮아졌다고, 이제야 널 잊은 거 같다고 말해. 그런데 말이야, 사실 난 아직 너와 이별하고 있어. 네가 나한테 돌아오길 바라거나 기다리고 있다는 뜻은 아니야. 술에 취한 날에도 너에게 연락하고 싶어 휴대폰을 집어 드는 일도 이제 없어.

하지만 미움과 원망이 남아 있어. 너는 왜 그렇게 나를 외롭게 하고 애태우고, 마지막까지 차갑게 돌아섰을까. 그런 질문들이 사라지지 않고서야 어떻게 끝이라고 할 수 있을까. 그렇게 나는 아직도 너와 이별하고 있어.

사랑과 이별
그리고 다시

✕

연애가 끝나고 다시는 사랑 같은 건 하지 않겠다고 다짐했다. 사랑에 쓸 돈과 시간, 마음을 모두 나에게 투자하기로 결심했다.

하지만 내 인생에 네가 나타났다. 자꾸 내 주변을 서성이며 잘해줄 기회를 찾는 너 때문에 다짐이 흔들리기 시작했다.

겁이 났다. 이제 좀 괜찮아졌는데, 또 다른 누군가를 마음에 품는 것이. 다시 또 이별이 찾아올까 봐.

너는 내게 말했다. 너는 다를 거라고. 내가 받은 상처, 모두 네가 품어주겠다고. 너를 믿으라고, 나를 사랑한다고, 절대 변하지 않겠다고.

★

겁이 났다. 또 다른 누군가를 마음에 품는 것이.
다시 또 이별이 찾아올까 봐.

그리고 난 또 그 말을 믿어버렸다.

　다시 연애를 시작했다. 역시 사랑은 사랑으로 잊어야 한다고 스스로 최면을 하면서. 행복했다. 서로가 서로를 배려하고 노력하면서 마음을 키워갔다.

　경계심 가득했던 내 마음은 녹아내렸고, 너는 내 마음 깊숙이 자리 잡았다.

　그러자 너는 달라지기 시작했다. 연락이 뜸해지고 나보다 친구들과 보내는 시간이 더 많아졌다. 내 상처를 돌봐주던 네가 그 상처를 헤집는 말을 무심결에 흘리기도 했다. 나는 그럴 수 있다며 너를 이해하려고 했다.

외로움이 가득 찬 날에 그간의 서러움을 너에게 말했다. 너는 내게 요즘 왜 이리 예민하냐며 신경질적으로 대꾸했다. 너는 처음과 똑같다고, 뭐가 그리 불만이냐고, 이해해줄 수가 없다고. 그렇게 싸우고 집으로 돌아와 휴대폰을 확인하니, 시간을 갖자는 네 문자가 와 있었다.

내가 먼저 헤어지자고 했다. 그다음에 기다리고 있는 일들을 너무 잘 알아서. 너는 기다렸단 듯이 알았다고 했다.

한 달이 지나 너에게서 문자가 왔다. 네가 실수를 했다고. 미안하다고. 용서해달라고. 내가 없는 삶이 이렇게 힘들 줄 몰랐다고.

나는 답하지 않았다. 그다음에 기다리고 있는 일들을 너무 잘 알아서. 그렇게 나는 또 한 번 이별을 했다.

긴 여운을 남기는 사람

✕

너는 우연히 맡게 된, 코끝에 자꾸 맴도는 향수 냄새 같은 사람이었다. 그래서 나는 계속 뒤를 돌아보았고, 너를 궁금해했다.

길거리에 흘러나오는, 문득 깨달아보면 계속 흥얼거리고 있었던 익숙한 노래 같은 사람이었다. 그래서 나는 발걸음을 멈추고, 너를 찾곤 했다.

엔딩크레딧이 올라가는데도 자리에서 일어날 수 없었던 감명 깊은 영화 같은 사람이었다. 그래서 나는 멍하니 이곳에 남았다.

시간이 약

✕

시간이 약이라는 말이 정말 맞더라.

너와 헤어지고 얼마 안 되어서 무작정 사람들을 많이 만나던 때가 있었어. 허전함을 달래려고 매일 밤낮으로 친구들을 만났지. 그때 다들 마치 약속이라도 한 듯이 '시간이 약이야'라고 하더라. 그땐 그 말이 너무 짜증 났어. 뻔한 말인 데다 내 사랑이 별거 아니었다는 말로 들렸거든. 평생 네 기억을 안고 어떻게 살아가나 싶은데, 우리가 사랑했던 시간을 가볍게 치부하는 것 같아서 치욕스럽기까지 했어. 그런데 지금은 그 말에 얼굴을 붉히며 화를 냈던 게 무색할 정도로 그 말에 공감이 돼.

그때는 널 지울 생각은커녕, 너를 찾느라 바빴어. 어디 갈 일이 있으면 돌아가더라도 일부러 너와 자주 걸었던 길로 갔어. 카페에 갈 일이 생기면 너 때문에 알게 된 카페로 갔고. 혹시 너를 만날까 어딜 가든 주변을 두리번거리기도 했어. 그렇게 우연을 가장해 너를 만나고 싶어서, 그렇게 네 얼굴을 한 번이라도 더 보고 싶어서.

그런데 요즘은 그 길로 돌아가지 않아. 그 카페도 가지 않고. 두리번거리던 버릇도 차츰 사라졌어. 사실 아직까지도 가끔은 길에서 너와 마주치는 상상을 해. 하지만 그러길 기대하지는 않아. 그냥 생각을 해볼 뿐이야. 잠시 너의 안부를 궁금해하며, 딱 거기까지만. 이제 나는 네 기억을 안고도 살아나갈 수 있다는 걸 알았어.

everyday happiness

반드시 말이야

그래, 지금 이 순간에도 시간은 흐르고 있어. 불안과 슬픔도 곧
안정과 행복으로 바뀔 거야. 반드시.

너와 나

✕

남자

우리 친구로라도 지낼 수 없을까. 너도 알잖아. 네가 내 전부였다는 거. 지금 당장 내 인생에서 네가 흔적도 없이 사라져버린다면, 나는 도저히 살아갈 수 없을 것 같아. 솔직히 너도 그렇잖아. 너도 하루 종일 나를 궁금해하고, 걱정할 거잖아. 예전처럼 돌아가자는 말은 안 할게. 그냥 서로가 없어도 괜찮아질 때까지만, 친구로라도 지내면 안 될까.

여자

그래, 네 말이 맞아. 지금 이렇게 헤어져도 난 너의 하루를 궁금해할 거야. 그런데 지금 네 말은 나를 비참하게 만들어. 우리 분명 사랑했던 사이잖아. 엄청 많이 싸우고 미워하면서도 서로를 놓지 못했던 우리였잖아. 친구로도 괜찮을 사이였으면, 이렇게 이별이 힘들지도 않았어. 물론 당장은 죽을 것처럼 아프겠지. 하지만 외로움이 두려워 친구로 남는다면, 결국 서로의 목을 조르는 꼴이 될 거야. 분명 더 힘들어질 거야. 그러니 그냥 깔끔하게 헤어지자, 우리.

떠나간다는 것

×

태어나서 초등학교 시절까지 한 동네에서 자랐어. 졸업은 못 하고 6학년 때 다른 곳으로 이사를 가게 되었는데, 이사 가던 날 친구들과 부둥켜안고 한참을 울었지. 차로 20분 거리도 안 됐는데, 그때는 내 세계가 바뀌는 것과 같았어. 서로 다른 학교를 다닐 때는 소원했지만 나중에 커서 친구들을 다시 만나게 됐고, 그날의 일로 많이도 웃었다. 그런데 난 그때를 생각하면 아직도 이상하게 마음이 아파. 사실 달라진 것도 별로 없는데도 그래. 친구들과 인사를 끝내고 도로 위를 달리는 아빠 차 뒷자리에서 라디오 소리를 들으며 몰래 숨죽여 울던 그때의 기분이 잊히지가 않아. 사람을 떠나오는 것도 비슷하더라. 한참이 지나서도 떠오를 때마다 가슴 저릿하고 먹먹해지더라. 달라진 것도 별로 없는데.

뭐가 두려워서

✕

이젠 사랑을 받기도 어렵다. 네 덕분에 행복한 하루를 보내도 눈뜨면 사라져버릴 환상일 것만 같고, 지금 네 좋은 모습보다 변해버릴 네 모습이 머릿속을 채운다. 분명 네 사랑을 원하고 있으면서도, 네 사랑을 자꾸만 게워낸다. 모진 말로 너를 밀어내면서도 속으로는 너를 붙잡는다. 대체 뭐가 그렇게 두려워서 사랑받는 것조차 어려워진 걸까. 내가 누군가와 다시 사랑을 할 수 있긴 한 걸까. 어쩌다 이렇게 사랑이 어려워진 것일까.

사랑이었을 거라

✕

처음 나에게 보여주었던 따뜻한 모습은 온데간데없이, 다른 사람처럼 변해버린 걸 너는 알까. 그래서 그동안 혼자 의심하고 질문했어. 처음부터 네게 사랑이란 게 있었는지. 나에게 진심이 었는지 아니면 전부 허상이었는지. 하지만 그것도 이제 그만두 기로 했어. 만약 내가 너를 잘못 알고 있었다면, 내가 사랑받고 있다고 느꼈던 시간들이 전부 거짓이었다면, 내가 너무 안쓰럽 잖아. 그래서 그냥 믿기로 했어. 너는 온 힘을 다해 나를 사랑했 다고. 다만 그 사랑이 아쉽게도 다하였을 뿐이라고.

울음

×

언제부턴가 너는 내가 우는 걸 싫어하게 되었지. 특히 너와 다투다 눈물을 보이는 걸 가장 싫어했어. 나는 내 우는 모습을 보면 네가 속상하니까, 미안해져서 그런 줄 알았어. 혹은 내가 너무 어린아이처럼 굴지 못하게 하려는 건 줄만 알았어. 그런데 이제야 확실히 알겠다. 너는 그냥 나를 달래주기가 싫었구나. 내가 그만 울게끔 노력할 마음이 없었던 거야. 조금 더 빨리 눈치를 챘더라면 내가 먼저 떠나줬을 텐데. 지금처럼 차갑고 날카로운 말로 나를 찌르기 전에 말이야.

퍼즐 조각

연애라는 건 다른 두 사람이 서로 맞추어가는 과정이라고 하지. 그런데 우리는 서로의 다름을 참 힘들어했고 끝내는 버텨내질 못했어. 다른 사람들은 조심스레 서로를 살피며 잘 맞는 부분을 찾고 다른 부분은 조금씩 양보해가면서 사랑을 완성했을 텐데. 우리는 처음부터 너무 억지로 맞추려고만 했던 것 같아. 나는 무조건 내 마음 가는 대로 해야만 했고, 너는 무조건 너의 생각이 옳다고 여겼지. 이제 와 생각해보니, 우리의 연애는 마치 눈을 가리고 맞추는 퍼즐과 같았구나. 그러니 간신히 완성된 모습이 상처투성이였을 수밖에.

최선을 다했으니

✕

　사랑에 빠지기 이전에 서로가 어떤 사람인지를 좀 더 알았더라면, 우리는 사랑을 시작하지 않을 수 있었을까. 무엇 하나 같은 점 없이 사사건건 부딪치면서도, 우리 헤어지지 않기 위해 무던히도 애를 썼다. 그러다 보니 어느 순간 너와 나의 껍데기만 마주 보고 있더라. 우리가 함께하려면, 너는 너 아닌 다른 사람이, 나 역시 나 아닌 다른 사람이 되어야 했던 거야. 그래서 나는 그만 이별을 받아들이려고 해. 네가 원망스럽거나 널 만난 걸 후회하지는 않아.

함께 애써줘서 고마운 마음뿐이야. 오래 아프지 않았으면 해. 꼭 다시 좋은 사람, 옆자리에 오래 둘 수 있는 사람을 만났으면 좋겠다. 너도, 나도.

괜한 이별

✕

이제 와서 이런 말 하기엔 너무 늦었다는 거 알아. 네 얼굴을 볼 면목도 없어. 그래도, 지금이라도 솔직해지고 싶어. 그게 네가 준 마음에 대한 최소한의 예의인 것 같아. 너와 연애를 시작했을 때, 내 감정은 네 감정과 달랐어. 확신이 서지 않았지. 그래도 나를 많이 좋아해주는 네 마음이 고마워서, 이런 사랑을 계속 받다 보면 나 역시 너를 사랑하게 되지 않을까 싶었어. 그렇게 너와의 연애를 무작정 시작해버린 거야. 하지만 내 마음이 마음대로 안 되더라. 네 사랑을 받는 내내 기쁨보다는 미안함이 컸어. 많이 후회해. 확신 없이 연애를 시작해버린 거. 덜컥 네게 들어와도 된다고 문을 열어주고는 문가에서 계속 서성이게만 한 것 같아. 너에게 정말 미안하지만, 미안하기 때문에, 지금이라도 너와 이별하려 해. 미안해. 이기적인 나 때문에 괜한 이별을 겪게 해서.

통화 연결음

✕

네 목소리를 듣고 싶었어. 도저히 맨정신으로는 엄두가 안 나서, 혼자 술을 잔뜩 마시고는 너에게 전화를 걸었지. 딱 한 번만, 처음이자 마지막이라는 심정으로. 물론 예상대로 너는 전화를 받지 않았지만, 나는 조금 덜 괴로워졌어. 처음이었어. 네가 슬픈 음악을 통화 연결음으로 해놓은 게. 그래서 너도 나처럼 힘들어하고 있구나, 하는 생각이 들어 안도감마저 느꼈어. 나도 참 못났다, 그치.

소개받기로 했어

✕

새로운 사람을 소개받기로 했어. 모처럼 예쁘게 차려입고, 머리도 단정하게 정리하려고. 아직 만나지는 않았지만, 인상 좋고 친절한 사람이라고 하더라. 그 말을 듣자마자 네 생각이 너무 나는 거 있지. 너도 그런 사람이었거든. 그래서 문득, 또, 네가 너무 보고 싶어지더라. 이젠 다 소용없지만 말이야.

너를 만났듯, 이번에도 좋은 사람을 만나고 싶어. 그렇게 네 빈자리를 채워가고 싶어. 너 없이도 웃으며, 사랑받으며 지내고 싶어. 너도 좋은 사람 만나서 잘 지냈으면 해. 각자의 자리에서 각자의 사랑을 하자, 이제.

★

너를 만났듯, 이번에도 좋은 사람을 만나고 싶어.
그렇게 네 빈자리를 채워가고 싶어.

Chapter 3

모두 저마다의 우주를 가진 사람들

아닌 건 아닌 거야

✕

너를 배려하지 않고 상처 주는 사람은 만나지 마라. 뼈아픈 충고를 해주는 사람과 무책임한 독설가는 다르다. 솔직한 사람과 이기적인 사람은 다르다. 나를 의지하는 것과 나를 만만하게 보는 것은 다르다. 아닌 건 아닌 것, 다른 사람에게 상처를 줘도 되는 사람은 없다.

내 감정에 솔직해지기

✕

우리는 자기 감정마저도 남의 눈치를 봐가며 표현하는 데 너무 익숙해져 있어. 너무 힘들어 울고 싶어도 '몇 살인데 아직도 우느냐'는 핀잔을 들을까 봐 엉엉 울기는커녕 눈물 흘리는 것조차 수치스럽게 느껴. 무례하게 구는 사람에게 화를 냈다가는 '그 정도도 못 참으면 사회생활을 어떻게 하려고 그러느냐'는 질책이 날아오지. 심지어 좋은 일에 기뻐하는 것조차도 잘난 체한다, 경거망동한다는 말이 꼬리표처럼 달라붙어.

그래서 난 늘 내 감정을 숨기고 참아왔어. 그런데 문득 이런 생각이 드는 거야. 내가 왜 이런 사소한 것까지 남들 눈치를 봐야하는 거지? 내가 내 감정에 솔직하지 못할 정도로 그렇게 잘못되고 못난 삶을 사는 사람인가? 나는 나를 그렇게밖에 신뢰하지 못하나?

아무리 다른 사람 기준에는 힘든 상황이 아니어도 내가 힘들면 그냥 힘든 거야. 울고 무너지고 그다음에 어떻게 일어서야 할지를 고민은 해도, 울고 무너질지 말지를 고민하는 건 이제 안 할래. 화가 나면 화를 낼 거야. 무례하게 구는 사람이 그래도 된다고 생각하며 여러 사람 피해 주는 데 더 이상 일조하지 않을 거야. 웃고 싶을 땐 그냥 웃을 거야. 나의 기쁨을 함께 기뻐해 줄 수 있는 사람들에게 고마워하며 더 기쁘게 살 거야.

    그렇게 내 감정에 솔직해지기로 했어. 내가 내 감정조차 남들 눈치를 보며 표현해야 한다면, 그건 내 인생이라고 말할 수 없을 테니까.

사과할 줄 아는 사람

✕

예전엔 나에게 잘해주는 사람이 좋은 사람이라고 생각했는데, 지금은 생각이 좀 더 구체적으로 바뀌었어. 난 사과할 줄 아는 사람이 좋아. 사과를 한다는 것은 내 입장에서 생각을 해준다는 뜻이고, 날 이해하진 못하더라도 나와의 관계를 유지하기 위해 노력하고 있다는 뜻이니까. 미안하다는 말이 도저히 입 밖으로 나오지 않는다며 사과를 못 하겠다는 사람들이 있어. '네가 화가 났다면 미안하다'며 전제 조건을 달아 상대를 꽁한 사람으로 만드는 사과 같지 않은 사과만 하는 사람들도 있고. 같은 상황에서도 누구한테는 사과를 하고 누구한테는 안 하는 사람들도 있지. 그러니 제대로 사과를 할 줄 아는 사람이란, 얼마나 드물고 또한 얼마나 고마운 존재야. 그래서 난 사과를 잘하는 사람이 좋아. 나 역시 그런 사람이고 싶고.

가까울수록 소중히

×

　오랜 친구가 갑자기 이런저런 핑계로 만남을 피하고 연락조차 뜸해지면, 별다른 사건이 없었던 이상 당하는 사람은 당황하게 돼. 그제야 원인을 찾으려고 해도 친구는 얕은 관계의 사람을 대하듯 뻔한 예의를 차려 답변할 뿐이고. 그렇게 결국 멀어지면서, 원인은 끝내 알아내지 못하는 경우가 많아. 아마 너도 알고 있을 거야. 그 원인이란 원인을 모르는 데 있다는 거 말이야.

　내 곁을 지켜주는 사람들, 그 사람들에게 잘해주는 게 사실 더 어려워. 오랜 시간을 함께 지내다 보니 고마운 마음을 표현하는 데 인색해지고, 당연하지 않은 호의를 당연하게 여기게 되기도 해. 서로가 너무 잘 알기 때문에 무신경한 말과 행동을 하기도 쉽고.

하지만 그런 상태가 지속되면 언제고 관계는 깨지게 되어 있어. 상대가 받은 상처가 나를 아끼는 마음보다 커지는 순간이 오면.

지금 떠오르는 이름이 있다면, 그 사람과 너의 관계에 있어서 과거와 현재, 그리고 미래까지 다시 한번 깊게 생각해보는 건 어떨까. 소중한 사람에게 상처를 준 것만도 미안한데, 미안하다는 말도 못 전할 사이가 되는 건 너무 미안하잖아.

괜찮아야만 하니까

✕

사람들은 내게 그렇게들 말해. 정말 어른스러워요, 정신력이 강하시네요, 마인드컨트롤은 어떻게 하는 거예요. 동정이 섞인 칭찬이란 걸 알기에, 그런 말을 들을 때면 사는 게 다 거기서 거기죠, 라고 우스갯소리를 하지만 가끔은 솔직하게 말하고 싶을 때가 있어. 난 절대 강한 사람이 아니라고, 그렇게 보이려고 무던히 애를 쓸 뿐이라고.

사람들과 부딪치며 수도 없이 많이 상처를 받아. 도망치고 싶어서 한 발짝 한 발짝 뒷걸음치곤 했지. 그러면 결국 또 누군가와 부딪치게 되더라. 내 등 뒤에 언제나 서 있는 사랑하는 가족들, 친구들과……. 내가 그들을 지나 어떻게 더 도망을 가겠어.

그래서 상처투성이 마음을 안고 살면서도 괜찮아 보이려고 해. 정말 죽을 것 같을 때에도 뒤돌아서는 웃어 보이는 거고. 몇 번이고 무너져버리는 새벽을 보내고도 아침이 되면 다시 일어서.

사실은 나 하나도 괜찮지 않아. 괜찮아야만 하니까 괜찮은 척하고 있을 뿐이지.

말투

×

메시지만큼이나 말투도 중요해. 그런 뜻이 아니었다는 말은 대부분 실제는 그런 뜻이었거나, 잘못 받아들일 수도 있는 민감한 이야기를 무신경하게 했을 때 하게 되지.

새로운 사람을
사귀는 것

✕

    예전엔 새로운 사람을 만나는 걸 참 좋아했어. 인간관계가 넓어지는 것 같고, 인맥이 쌓이는 것 같아서. 그런데 지금은 그렇지 않아. 어느 순간 얄팍한 관계의 한계를 느꼈어. 늘 면접을 보는 기분이었고, 사람들의 호감을 살 만한 경험담을 나도 모르게 반복적으로 읊고 있는 거야. 상대방이라고 달랐을까. 얼마 안 가 핸드폰에 저장된 전화번호 중 하나로 남게 될 뿐이더라고. 그래서 이제는 내 주변 사람들에게 더 애정을 쏟고, 그 사람들에게 진실한 내 모습을 보여주는 데 더 시간을 써. 그러다 보면 자연스레 좋은 사람들을 더 많이 만나게 되더라. 모르는 사람에게 잘 보이려고 웃고 떠들던 예전의 나보다 상대방이 정말 궁금해 귀를 기울이는 지금의 내가 훨씬 편하고 좋아.

초승달

✕

　어렸을 때부터 초승달을 참 좋아했어요. 어렴풋이 둥근달의 그림자가 보이는 것이 신기하고 아름다워서, 저렇게 아름다우니 사람들이 별세계를 꿈꾸게 되었겠구나 싶었죠. 그리고 집에 조금만 늦게 들어가도 은근히 보기가 어려워서, 초승달을 보는 밤이면 휴대폰에 담곤 했어요. 오늘 집에 오는 길에 초승달을 또 보았습니다. 그런데 오늘은 그 달이 좀 다르게 보였어요. 너무 외로워 보여 사진으로 남겨두고 싶지 않았습니다. 저 멀리 춥고 어두운 곳에 쓸쓸히 혼자 떠 있는 것처럼 보였어요. 왜였을까요. 오늘의 내가 너무 외로웠던 탓이었을까요. 그래서 빛나는 달보다 깊은 어둠이 눈에 먼저 들어왔던 것일까요. 저 달을 찍어두었다가 다시 보면 이 기분이 다시 떠오를까 무서웠던 것일까요.

차라리
내가 로봇이었으면

✕

요즘 들어 감정 기복이 엄청 심해졌어. 예전에는 그냥 웃어 넘겼을 일에도 얼굴을 붉히고. 내 감정을 내가 못 이겨 파도에 휩쓸리듯 하루하루가 힘들어. 요즘 같아서는 차라리 내가 로봇이 되었으면 좋겠어. 상황에 따라 필요한 감정을 입력해서 그 감정만 보일 수 있도록. 아무것도 못 느껴도 좋으니까, 남한테 내 못난 모습이나 들키지 않고 살았으면 좋겠어. 작은 일에도 상처를 받고 너무 아파해서, 나 때문에 내가 너무 힘들어.

있는 그대로의
모습으로

　모든 사람에게 너무 착하게 굴 필요는 없어. 네 기분과 상관없이 항상 웃고 있어야 할 필요도 없고. 다른 사람들의 입맛에 맞춰주기 위해 많은 에너지를 쓰지 않았으면 해. 그러느라 네 모습을 바꾸고 잃어가지 않았으면 해.

　억지로 끼워 맞춘 네 모습을 세상 모두가 마음에 들어 한다 한들, 네가 행복하지 않다면 그게 다 무슨 소용이겠어. 가장 중요한 건 네 자신이고 네 행복이잖아. 우리 모두 자신이 원하는 모습으로 살아갈 자격이 충분한 사람들이야. 세상 그 누구도 자신의 구미에 맞게 다른 사람을 바꿀 수 있는 자격 같은 건 없고.

있는 그대로의 모습이 가장 예뻐. 그러니 너도 네 자신을 좀 더 사랑해주길 바라. 그런 네 모습을 사랑해줄 사람들은 충분히 많으니까.

내 맘 같지 않은
사람들

✕

내 마음을 몰라주는 부모님, 나와 다른 의견을 밀어붙이려 하는 친구, 내 노력을 못 보는 윗사람들. 주변 사람들로 인해 상심하게 될 때, 너무 오래 그 일을 마음에 품지 않았으면 좋겠어. 나와는 다른 사람이고, 달리 생각할 수 있지, 그럴 수 있어, 라고 스스로 마음을 다독였으면 좋겠어.

무엇보다 이런 일로 상심한 너를 몰아세우지 않았으면 해. 내가 소심해서, 자신감이 없어서 상처를 받는구나, 이런 생각도 들겠지. 자신을 냉정하게 평가해보는 건 좋은 일이야. 하지만 자기 자신에게 냉정해지는 건 다른 문제야.

부족한 스스로를 괜찮다고 다독여줄 수 있는 사람만이 타인에 대한 무조건적인 원망이나 맹목적인 자책감으로부터 벗어나 성장할 수 있지 않을까. 언제나 걸음마를 시작한 아이를 보는 부모의 마음으로 자신을 돌봐주길.

★

언제나 걸음마를 시작한 아이를 보는
부모의 마음으로 자신을 돌봐주길.

주변 사람들의 기대

　　주변 사람들의 기대는 고장 난 나침반 같은 것. 한 걸음 한 걸음 내디딜 때마다 수많은 길을 가리켜주지만, 결국에는 길을 잃게 하는 그런 것.

선인장 같은 사람

　남들의 이야기를 들으면 그대로 받아들여지지 않고 왜 저런 이야기를 하는지 의심하게 돼. 잘해주는 데엔 반드시 이유가 있다는 생각이 들어서, 남들의 친절조차 달갑지가 않아. 내가 처음부터 이런 사람은 아니었는데. 사람들한테 상처를 받다 보니, 더 이상 상처받기 싫어서 선인장 같은 사람이 되어버렸어. 날을 세우고 사람들과의 간격을 유지한 채, 혼자 있는 게 편한 그런 사람. 하지만 그러면서도 가끔은 누군가 나를 말없이 안아주었으면 해. 이러다가 내가 다른 사람을 선인장으로 만드는 건 아닌지 걱정도 되고. 외롭거나 부대끼거나 둘 중 하나를 선택해야 하는데, 사람 욕심이 또 그렇지가 않나 봐.

너무 세게 힘을 줘서
잡으면

종이는 구겨지고
계란은 깨지고
사람은 떠난다.

Chapter 4

잠깐 쉬어 간다고 길이 길어지는 건 아니야

당신의 꿈은
무엇인가요?

×

    사람들에게 꿈이 무엇이냐고 물으면 보통은 공무원, 교사, 의사 등등의 여러 직업으로 대답을 하기 마련입니다. 저도 한참 하고 싶은 게 무엇이냐는 질문을 많이 듣던 때가 있었습니다. 남들은 다 망설임 없이 대답하는데, 저는 "아직 잘 모르겠어요……." 라고 멋쩍게 대답하고는 자책을 하곤 했습니다. '지금 당장 그 직업을 가지라는 것도 아닌데 그거 하나 정하는 게 그렇게 어려워?'라며 항상 나를 꾸짖었고, 주변 또래의 사람들, 바로 옆에 있는 친구들과도 스스로를 비교하며 나 자신을 한심하게 느끼곤 했습니다. 다들 자신이 원해서 정한 꿈을 향해 노력하고, 성취하고, 그 꿈에 가까워지는 것을 느끼며 하루하루를 설레어하는 모습이 너무 부러웠습니다. 그때 저는 제자리걸음은커녕 꿈이 없다는 이유로 한 발자국조차 떼지 못하고 있었으니까요.

그 후로 여전히 마음을 정하지 못한 상태로 새로운 사회에 던져지게 되었습니다. 그리고 자기소개를 해야 하는 자리에서 또다시 피하고만 싶었던 그 질문을 받게 되었지요. 이전과 변함없이 다들 직업 하나씩은 이야기를 하고, 그 직업 안에서 어떤 것을 해낼 것인지 계획해온 사람들도 있었습니다. 그리고 마침내 제 차례가 되었을 때, 저 또한 변함없이 "아직 경험이 부족해 꿈을 정하지 못했습니다"라는 대답을 했습니다. 그렇게 모두의 차례가 끝나고, 자기소개를 부탁한 분이 말씀하셨습니다. "아까, 경험이 부족해 꿈을 정하지 못했다는 사람이 있었던 거 같은데, 난 꿈을 물어본 것이지 갖고 싶은 직업을 물어본 게 아닙니다"라고요. 그건 분명 나를 향한 말이었습니다. 그날 하루 종일 기분이 좋지 못했습니다. 많은 사람들이 보는 앞에서 '넌 잘못되었어'라며 손가락질을 당한 것만 같은 창피함을 느꼈습니다.

　하지만 다음 날, 그 말을 다시 곱씹었을 땐 뒤통수를 한 대 맞은 것만 같았습니다. 정말 그 말이 맞았습니다. 직업은 말 그대로 직업일 뿐이고, 꿈에 포함되는 부속적인 부분에 불과합니다. 저는 그제야 사소하고 터무니없더라도, 내가 진심으로 바라는 것들을 생각하게 되었습니다. 그저 자신이 실현하길 바라는 일들을 꿈으로 삼아보세요. 거창해야 할 필요는 없습니다. 사랑에 대한 책을 내는 것이 꿈이라면, 그 꿈과 관련이 없는 직장에 속해 있다 하더라도 퇴근 후 졸음을 참아가며 책상 앞에 앉아 펜을 굴리는 시간이 큰 행복을 주게 될 것입니다. 무엇을 꿈꾸든 그로 인해 앞으로의 나날이 기다려지고 기대가 된다면, 그것만으로도 꿈의 가치는 충분합니다. 지금 저에게 누군가 꿈을 물어본다면 이렇게 대답할 겁니다. 꽃을 키울 만한 작은 마당이 있는 집에서 고양이를 키우며 살고 싶다고요. 그게 제 꿈이라고요.

다 잘될 거야라는 주문마저
위로가 되지 않을 때

✕

왜 그럴 때 있지. 남들에 비해 내가 너무 뒤처진 것 같을 때. 다들 앞을 향해 뛰어가고 있는데 나만 제자리걸음인 것 같을 때. 그래서 문득 초조해져 잠들지 못하고 한참을 뒤척이게 되는 때. 다 잘될 거야라는 주문마저 위로가 되지 않을 때 말이야.

하지만 다들 살아가면서 종종 그런 밤에 시달려. 우리가 그저 타인의 밤을 모르는 것뿐이지. 그러니 왜곡된 비교로 자신을 괴롭히기보다 더욱더 너의 세상에 집중하고, 너의 시간을 보냈으면 해. 남들과 비교하는 건 아무 의미 없잖아.

넘어져도 괜찮아. 다시 일어서는 이상, 그건 넘어진 것이지 쓰
러진 게 아니야. 네가 너를 놓아버리지만 않으면 돼. 뛰어보지 않
은 사람만이 넘어지지도 않는 거야.

독백

✕

왜 이렇게 힘든 일은 나에게만 찾아오는 걸까.

남들도 이렇게 힘들까.

괜찮지 않아도
괜찮아

✕

가끔 이렇다 할 이유도 없이 괜히 기분이 울적해지고 마음이 불편해지곤 해. 예전에 나는 그럴 때 신나는 노래를 듣거나 누군가를 만나 수다를 떠는 식으로 서둘러 그 기분에서 빠져나오려고 했었어. 하지만 그런다고 해도 기분이 나아지기보다는 나 자신이 더욱 초라하게 느껴질 뿐이더라.

그때 난 알게 모르게 긍정적인 생각과 에너지를 가지지 못하면 낙오자라고 생각했었나 봐. 사람마다 맞는 음식도 따로 있다는데, 우울함을 떨쳐내는 방법도 다를 수 있다는 걸 몰랐어.

물론 긍정적으로 살아가는 건 아주 좋지. 하지만 억지로 울적함을 떨쳐내려 해도 너무 힘이 들 때가 있어. 그럴 기운조차 없을 땐 아무것도 하지 않아도 돼. 그냥 방 안에 앉아 벽에 기대어 그

슬픔 안에 푹 빠져보는 것도, 난 우울함을 다스리는 방법이라고 생각해. 그렇게 점점 더 깊은 곳으로 빠져들다 보면, 이만하면 됐다, 그만 올라가자 하는 순간이 오더라고.

우리 너무 억지로 괜찮아지려고 노력하지 말자. 괜찮지 않아도 괜찮아.

눈물

울고 싶은데 우는 방법을 까먹은 것 같다.

버겁고 고단한 짐을 지고 우두커니 앉아만 있다.

충분히 잘하고 있어

✕

오늘도 참 힘든 하루였다, 그치? 밥은 잘 챙겨 먹고 다녀? 그래 알아, 많이 힘들지. 어딜 가든 네 맘 편하게 해주는 곳 하나 없고. 이 사람 저 사람 눈치 보고, 비위 맞추기 힘들 거야. 네가 많이 힘들 걸 알아서 마음이 아파. 널 보면 항상 이런 생각이 들어. 아직은 어리고 여린 네가, 어른들이 만든 이 험난한 세상에 너무 일찍 던져지게 된 건 아닐까 하고 말이야.

그런데도 어떻게든 버티고 울음을 참아내는 네가 참 대견해. 그런 너에게 이런 진부한 말이 위로가 될진 모르겠지만, 그래도 꼭 이 말을 해주고 싶어. 정말 잘하고 있다고. 이미 네가 할 수 있는 것 이상으로 늘 해내고 있다고.

모든 일에 너무 부담감을 갖지 않았으면 해. 너 스스로를 타인을 바라보듯 바라볼 수 있었으면 해. 남이 이룬 성과는 얼마나 대단해 보이고, 남이 저지른 실수는 또 얼마나 사소해 보이는지 너도 잘 알잖아. 너 자신도 그렇게 바라봐주었으면 좋겠어. 더 잘하려고 애쓰지 않아도 괜찮아. 지금도 충분히 잘하고 있어.

간절히 바라면 놓지 마

✕

일과 연애는 많은 면에서 비슷해. 특히 최선을 다해 붙들어 보지 않으면 미련이 남아 다음 기회마저 놓치거나 망치기 일쑤라는 점에서. 정말 하고 싶은 게 있다면 쉽게 포기하지 않았으면 해. 포기를 해야 한다고 생각했을 때는 보이지 않던 길이 포기하지 않으려고 하면 보이기도 하더라. 그러니 우리, 가슴을 뛰게 만드는 일을 너무 쉽게 놓아버리지 말자.

놀이기구가 무서웠어

✕

나는 놀이공원을 싫어하는 아이였어. 원래 멀미도 심한 데다 겁도 많아서 학교에서 단체로 놀이공원을 간다 하면 스트레스를 엄청 받았지. 한번은 중학교 졸업 여행 중에 놀이공원을 가게 된 거야. 분위기에 휩쓸려 얼떨결에 바이킹을 타긴 탔는데, 너무 무서워서 소리조차 지르지 못했어. 그게 성인이 되기 전 내 처음이자 마지막 바이킹 탑승기야.

성인이 되고 나서는 놀이공원에 억지로 끌려갈 일이 없어서 좋았지. 그런데 어느 날 거절 못 할 상황이 생겼어. 여자 친구가 남자 친구가 생기면 놀이공원에 꼭 함께 가보고 싶었다는 거야. 내가 놀이기구를 싫어하는 걸 아니까, 그냥 가서 놀기만 하자고까지 얘기를 하니 별수가 없었지. 그런데 막상 가보니, 여자 친구가 같이 놀이기구를 타고 싶어 하는 게 너무 느껴지더라고. 배려

하느라 말도 못 하고 이건 같이 탈 수 있을까, 저건 같이 탈 수 있을까 내 눈치를 보는데, 이건 아니다 싶더라. 그래서 호기롭게 바이킹을 타자고 했는데, 속으로는 난 죽었다 싶었지.

그런데 신기하게도 탈 만했어. 이번에는 고래고래 소리를 질렀지. 그렇게 몇 년을 두려워하면서 난 절대 못 탄다고 생각했는데 말이야. 바이킹에서 내렸을 때 난 이제 뭐든 다 할 수 있을 것만 같은 기분이었어.

혹시 너도 나처럼 예전의 경험 때문에, 또는 미리 겁을 먹고 시도조차 해보지 못하는 일이 있지는 않니. 나는 지금도 '이건 내가 못할 거야'라는 생각이 나를 잠식할 때면, 그날을 생각해. 손을 덜덜 떨면서라도 아주 못 할 건 없다고 늘 다짐해. 너도 겁을 떨치고 일단 시도해보길. 예전에 엄두도 못 내던 일을 어떻게 해서든지 해냈을 때, 그 가슴 뛰는 희열을 함께 느껴봤으면 좋겠어.

★

나는 지금도 '이건 내가 못할 거야'라는 생각이 나를 잠식할 때면,
그날을 생각해. 손을 덜덜 떨면서라도
아주 못 할 건 없다고 늘 다짐해.

미리 걱정하는 습관

×

난 미리 걱정하는 습관이 있어. 앞으로 벌어질 수도 있는 일들을 미리 생각해놔야 마음이 덜 불안해. 어느 순간에는 내가 최악을 염두에 두기 때문에 최악의 일이 벌어지지 않는 거라는 이상한 신념까지 생기더라. 그런데 어느 순간 이렇게 사는 게 너무 지치는 거야. 모든 일들을 부정적인 쪽으로만 생각하게 되어서 시작조차 못 하게 되고, 앞으로 펼쳐질 미래를 걱정하다 보니 별일 없는 현재마저도 불행해졌어. 그래서 이 습관을 이제 고쳐나가고 있어. 일어날 일은 어떻게 해도 일어나는 법, 그때 가서 걱정을 하고 아파하고 해결할 생각이야. 처음에는 쉽지가 않아서 '일단 내일 생각하자'라고 주문을 외웠지. 그렇게 하루하루 걱정을 미루다 보니, 이미 걱정거리가 날 지나가버리기도 해. 이렇게 요즘 나는 미리 걱정하는 습관 대신 '걱정을 미루는 습관'을 들이고 있어.

커피

어렸을 적 내가 알던 커피는 그저 향이 강한 검은색 물이었고, 난 항상 그 맛을 궁금해했어. 대체 저 검은 물에선 어떤 맛이 날까, 색을 따라 쓴맛이 날까, 예상외로 달콤한 맛일지도 몰라, 하면서 말이야. 한참 후에야 그 검은색 물의 맛을 알게 되었지. 예상했던 대로 쓴맛이 나더라고. 난 아직 어린아이 같은 입맛이어서, 쓴맛을 좋아하진 않아. 그런데 참 웃긴 게 뭔지 알아? 좋아하지 않으면서도 매일매일 커피를 붙잡고 산다는 거야. 잠이 안 깨서 마시고, 오후에 졸음을 버텨내려고 마시고, 머리가 잘 안 돌아가는데 딴짓할 시간이 없을 때 딴짓 삼아 홀짝홀짝 마시기도 해. 나 말이야, 어쩔 수 없이 싫은 걸 삼키고 있는 지금, 혹시 이것만으로 내가 어른이 되어버린 건 아닐까.

여유

✕

요즘 부모님의 걱정은 잔소리로만 느껴지고, 친구의 장난은 농담이 아니라 비아냥거림으로 느껴져. 괜히 날카롭게 반응하고 돌아서서는, 왜 그랬나 후회하면서 상처 입은 마음에 자책감으로 또 한 번 상처를 내. 아무래도 마음에 여유가 부족한가 봐. 너무 바쁜 나날을 보내면서, 행여 실수는 하지 않을까 신경을 곤두세우다 보니, 모든 게 다 짜증이 났나 봐. 그래서 내일부터는 여유를 좀 가져볼까 해. 빠르게 달리다 숨이 찰 땐 멈추기도 해야 하니까. 아무 생각 말고 쉬면서 누가 뭐라 하든 '그럴 수도 있지' 하고 넘겨볼래.

★

빠르게 달리다 숨이 찰 땐 멈추기도 해야 하니까.
아무 생각 말고 쉬면서 누가 뭐라 하든 '그럴 수도 있지' 하고 넘겨볼래.

자신감을 잃지 마

✕

어떤 사람을 마주하든, 어떤 상황에 놓이든, 언제나 자신감을 잃지 말았으면 해. 근자감이라고 하지? 근거 없는 자신감. 뭐 아무렴 어때. 아무 이유 없이 자신감이 넘치면 어때. 너에게 동기 부여가 되고, 너에게 용기를 주고, 그렇게 너에게 새로운 기회를 만들어주는 자신감이라면, 그것만으로도 매우 중요하고 소중한 가치를 갖게 되는 거야. 늘 자신을 믿고 한 발 내딛고, 팔을 뻗을 수 있길. 무슨 일이 있어도 자신감을 잃지 마. 그래야 네가 넘어졌을 때도 다시 씩씩하게 일어날 수 있을 테니까.

놀이터

✕

가끔 빈 놀이터 벤치에 앉아 어릴 적 추억들을 떠올리고는 해. 미끄럼틀을 타고, 술래잡기를 하고, 바닥에 쪼그려 앉아 나뭇잎으로 소꿉놀이를 하던 나날. 그땐 어른이 된 나를 상상도 하지 못했는데, 정신 차리고 보니 벌써 이렇게 커버렸다. 다시 그날들로 돌아갈 수는 없지만, 잠시나마 그때를 돌이키게 해주는 놀이터가 있어서 참 다행이야. 그렇게라도 모든 걸 내려놓고 어린아이처럼 쉴 수 있어서.

뭘 할 때 가장 행복하니?

✕

어른들이 어린아이를 만나면 꼭 한 번씩 이런 질문을 해. 너는 커서 뭐가 되고 싶니? 악의가 없는 질문이고 귀여워서 하는 질문이지만, 이제 와 생각해보면 그 질문이 일찍부터 사고를 가두지 않나 싶어. 가치관도 아직 세우지 못한 나이에 직업을 선택하게 만드니까. 그때부터 우리는 자신의 정체성 가운데에 무엇으로 벌어먹고 사느냐를 두게 되는 것 같아. 그래서 사실은 정말 꿈꾸는 일이 아닌데도, 그 일을 못 했다고 자신을 패배자로 여기는 경우가 너무나 많아. 난 그래서 아이들을 만나면 이렇게 질문하고 싶어. '넌 뭘 할 때 가장 행복해?'라고 말이야. 그리고 그 질문은 지금의 우리에게도 해당한다고 생각해. 넌 뭘 할 때 가장 행복하니?

★

넌 뭘 할 때 가장 행복하니?

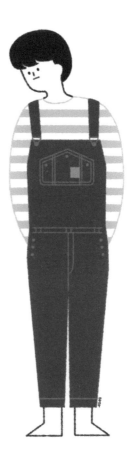

조급해하지 않아도 괜찮아

✕

지나온 과거 속의 너는 분명 어리숙했겠지. 실수투성이라 상처 난 적도 많았겠지. 그렇게 수십 번을 쓰러지고도 이를 악물며 버텨왔을 거야. 나는 그렇게 여기까지 온 네가 자랑스럽지만, 너는 그렇지 못하다는 걸 알아. 수도 없이 겪은 시행착오에도 아직 미숙한 네 자신이 못 미더울 거야. 넌 이렇게 생각할지도 몰라. 난 진전이 없어. 앞으로도 그러면 어쩌지. 도망가고 싶다. 그렇게 자신감을 잃고 불안 속을 헤매고 있을지도 몰라. 나는 그런 너에게 이렇게 말해주고 싶어. 미숙하게 느껴질수록 네가 잘하고 있는 거라고. 왜 그런 말이 있잖아. 공부를 안 하면 뭘 모르는지를 모른다고 말이야. 일도 인생도 마찬가지인 것 같아. 다들 눈앞의 문제를 척척 해결해나가는 것처럼 보이고 그러지 못하는 네가 부족하게만 느껴질 테지만, 대부분의 순간에 대부분의 사람들은 겨우겨우 수습을 하면서 버티는 거야. 그러면서 성장하는 거고.

★

대부분의 순간에 대부분의 사람들은
겨우겨우 수습을 하면서 버티는 거야.

그러니 너무 조급해하지 않았으면 좋겠어. 제자리인 것같이 느껴져도, 넌 계속 앞을 향해 걸어나가는 중이니까. 네가 바라는 모습으로 넌 어제보다 더 가까이 와 있어.

걸어야 도착한다

꿈이 있다는 건, 자신이 뭘 원하는지 안다는 건 정말 행운이라고 생각해. 그 자체만으로 가슴을 두근거리게 하니까. 하지만 그 꿈에 닿기까지 우리는 엄청난 번뇌와 불안에 시달려야만 해. 내가 과연 꿈을 이룰 수 있을까. 결국 꿈을 이루지 못하면 나이만 먹고 아무것도 아닌 존재가 되지 않을까. 포기해야 하는 순간을 놓쳐버린 건 아닐까 하고 말이야.

하지만 결국 해보는 수밖에, 다른 답은 없어. 걸어야 목적지에 도착할 수 있는 거잖아. 중간에 넘어지고 끝내 도달하지 못한다 해도, 그것조차 겪어보지 않는다면 전혀 알 수 없는 일이야. 그러니 우선 걸어보는 게 어떨까. 한 발만 더.

여러 갈래의 길

✕

여러 가지 가능성 중에 하나만을 택하기 힘들다면, 그중에서 가장 하고 싶은 것부터 우선순위를 매겨봐. 혹은 지금이 아니면 안 되는 걸 우선으로 두고 나중에도 할 수 있는 걸 뒤에 두는 것도 좋은 방법이지. 그리고 첫 번째부터 차례대로 하나씩 천천히 해보는 거야. 버킷리스트를 지워간다는 생각으로 말이야. 처음부터 다른 건 포기해야 한다는 마음으로 하나를 선택하려고 하면, 선택하기가 힘들어. 시련이 다가오면 자꾸 뒤를 돌아보게 될 거야. 그러니 아예 버리지 말자. 너무 조바심 낼 필요 없어. 우린 아직 남은 시간이 많잖아. 열정까지 있다면 더더욱 못 할 것도 없지. 요즘은 여든이 넘은 어르신들이 글을 처음 배우기도 하고, 대학교에 입학하기도 하시는데 뭐. 그러니 어떤 걸 포기해야 할지 고민하느라 소중한 시간을 낭비하지 않았으면 해.

늦었다고 생각될 때는
절대 늦지 않았다

✕

　새로운 무언가를 시작하기가 참 쉽지 않은 요즘 세상이야. 이미 하고 있던 다른 걸 내려놓아야 하는 과정까지 필요하다면 더더욱. 그래서 쉽게 결정하지 못하고 하루하루를 망설임으로 보내기도 해. 그런데 말이야, 이미 늦었다는 생각 때문에 시작을 포기하고 있진 않니. 고민하느라 흘려보낸 시간들이 너무 길어서, 지금은 남은 시간이 얼마 없다는 생각이 들어, 이미 늦었다는 말로 너의 발목을 묶어두고 있진 않니. 혹 그렇다면, 나는 너에게 절대 늦지 않았다고 말해주고 싶어. 이미 늦었다고 생각이 드는 때는 결코 늦은 게 아니야. 그때가 그 일을 가장 절실하게 원하는 때니까. 절실한 만큼 그걸 할 수 없을 때 미련과 아쉬움이 커서 그런 생각을 하게 되는 거니까 말이야. 그러니 그건 절대 늦은 게 아니지. 이미 늦었다는 생각으로 포기하지 않았으면 해. 늦었다는 생각이 들 때가 정말 시작해야 할 때야.

꿈과 길의 공통점

×

1. 뛰면 힘들다.

아무리 평평한 길이어도 뛰면 숨이 차고 힘이 들듯이, 꿈을 향해 급하게 달려가는 건 쉽게 지치고 힘이 들기 마련이다.

2. 걷다 보면 언젠간 도착한다.

목적지가 정해져 있다면, 전혀 관련 없는 엉뚱한 길로 향하지 않는 이상 도착하게 되어 있다. 계획을 올바르게 세우고 이를 잘 따른다면 목표한 바를 이룰 수 있다.

3. 얼마든지 바꿀 수 있다.

내 목적지와 그 목적지로 가는 길은 내가 선택하듯이, 내 꿈과 그 꿈을 이루어내는 과정도 내가 선택하는 것이다.

4. 넘어진 그 자리에서 다시 걷는다.

길을 걷다 중간에 넘어진다고 해서 다시 원점으로 돌아가지 않
듯이, 수십 번을 좌절한다 해도, 바로 그 자리에서 다시 앞으로
나아가야 한다.

5. 쉬어 간다고 해서 길이 길어지진 않는다.

잠시 앉아 쉬었다 간다고 해서 목적지를 향하는 길이 길어지진
않는다. 꿈으로 향하는 길도 마찬가지이니, 힘들고 지치면 쉬어
도 좋다.

Special Story

너에게만 전하고픈 12편의 이야기

어쩌다 다시, 사랑

✕

2년 가까이 만난 사람이 있었어. 처음 그 사람을 봤을 땐, 눈에 넣어도 아프지 않다는 게 이런 거구나 싶을 만큼 너무 좋았어. 손만 잡아도 마음이 저리고, 그 사람이 웃을 때면 울적했던 지난날이 기억조차 나지 않았거든. 몇 번의 만남 끝에 내가 이 사람을 좋아하는구나, 라는 그런 확신 같은 게 들더라. 그리고 그 사람도 내 마음과 같았는지, 얼마 지나지 않아 고백과 같은 에두른 마음의 표현을 해왔어. 그래, 다시 한 번 사랑이란 걸 해보자. 그렇게 결심하고 그 사람의 마음을 받아들였어. 그때는 벚꽃이 얼추

다 진 무렵이었어. 그런데 아직 벚꽃을 보지 못했다는 내 말 한마디에, 아직 떨어지지 않은 꽃을 찾으러 뛰어다니며 공원을 헤매었던 그 사람의 모습이 아직도 생생해. 운동화 끈이 풀린 줄도 모르고 달리던 뒷모습을 볼 때면, 어쩌면 이런 게 사랑이지 않을까. 그런 생각이 들더라고.

나 정말로, 다시는 사랑 같은 거 하지 않겠다고 다짐했었는데.

너라는 기적

✕

다시 사랑하기엔, 아직 아물지 않은 지난 상처가 너무 많은 나라고 생각했지만 그런 걱정이나 생각을 잊게끔 해주는 사람도 간혹 있더라고.

인생 2막

✕

너는 말했지. 유치하고 오글거릴지 모르겠지만, 우리가 함께 한 순간부터 자기 인생의 두 번째 시작이라고. 그런 걸 보통 인생 2막이라고 하지? 어디서 들은 건 있어서 그런 말을 조곤조곤 하는데, 낯간지럽지만 그래도 좋더라. 너는 나와 함께하고 싶은 것들이 많다고 했어. 공원에서 같이 2인용 자전거 타기, 돗자리에 누워 밤하늘 바라보기, 놀이동산에 가서 롤러코스터와 바이킹 타기, 겨울엔 스키장 가기⋯⋯. 너는 나에게 함께하고픈 것들을 주절주절 늘어놓기 시작했어. 되게 신이 난 어린아이처럼 말이야. 얼마나 많은 시간이 걸릴진 모르겠지만, 함께하고 싶은 건 모두 하자고 우리는 약속했어.

한강에서 데이트를 했던 그날. 약속시간에 조금 늦은 탓에 미안한 마음으로 너에게 다가갔는데, 너는 도리어 웃으면서 뭐가 미안하냐고, 천천히 와도 되는데, 라면서 꽃을 건네더라. 참 고마운 거 있지. 은근 주변 사람들 시선을 의식하는 네가, 꽃을 들고 쭈뼛쭈뼛 기다렸을 생각을 하니까, 그마저도 너무 귀엽더라.

누군가에게 사랑받는 기분은 언제든 가슴 벅찬 거 같아.
내가 드라마 주인공이 된 기분이랄까. 그렇게 나를 빛나는 사람으로 만들어줘서 고마워.

어떤 날엔 말이야

✕

영화관에서 팝콘을 사기 전에, 넌 나에게 무슨 맛을 좋아하냐고 물었어. 그래서 난 캐러멜 팝콘이라고 했어. 그랬더니 알겠다면서 캐러멜 팝콘을 사더라고. 그런데 영화를 보는 내내 팝콘을 먹지 않길래 내가 계속 입에 넣어줬어. 영화가 다 끝나고 나서 물어봤지. 원래 팝콘을 먹지 않냐고. 그러자 넌 단 거를 원래 잘 안 먹는다고 하더라. 그래서 자기는 캐러멜 맛보단 갈릭 맛을 좋아한다면서. 나는 그러면 미리 말해주지, 사실 어떤 맛을 먹어도 상관없었는데, 라고 말했어. 너는 내 눈을 지긋이 바라보며 말했어. 그냥, 그냥. 네가 하고 싶은 대로 하고 싶었어.

"사랑하는 사람이 왜 좋으세요? 어떤 모습에 호감을 느꼈나요?"라는 질문에, 이런저런 이유를 나열하지 않고 "그냥, 그냥 그 사람이어서 좋다"라고 대답하는 걸 TV에서 본 적이 있어. 좋아하는 마음을 어떠한 말로도 형용할 수 없기에 그냥이라는 말이 나온다나 뭐라나. 사실 그런 흘러가는 말 같은 건 믿지 않는 편이었는데,

이제야 알겠어. 맞아. 나도 다른 이유 없이 그냥. 그냥 네가 좋아.

화성 남자
금성 여자

✕

아, 맞다. 우린 다른 사람이었지. 우린 다른 부모 밑에서 태어났고, 다른 환경에서 자랐고, 성별도 다르고, 또, 또, 우린 같은 사람이 아니라는 거야. 그러니까 의견이 안 맞는 일이 다반사인 거고, 자기주장을 굽히지 않을 땐 가끔 다투기도 하고 그런 거겠지. 그래, 이렇게 맞춰가다 보면 나중엔 더 단단한 사랑이 될 거야. 그렇게 믿어야지.

마음의 과속

도로에는 신호등이 있고, 사람들은 그 신호에 따라 질서를 지켜. 사람이 건너야 할 때 사람이 건너가고, 차가 가야 할 때 차가 지나가야 하거든. 그런데 네가 초반에 너무 내게 마음을 쏟았던 탓일까. 나는 이제야 마음의 준비가 다 되어서 온전히 너를 기다릴 차례인데, 너는 이미 먼저 가고 다음 신호등 앞에 서 있더라.

너무 어렵게 말했나? 마음의 속도가 서로 맞지 않았다는 거야.
매일같이 잘해주던 네 모습에 서서히 마음을 열어가면서, 나는
이제야 널 진심으로 아낌없이 사랑하게 되었는데, 네가 내 손을
잡고 발맞춰 걸어주길 바랐는데, 너는 저만치 멀리 떨어져서는
왜 이렇게 늦게 오냐고 빨리 자기 옆으로 오라고 고함을 치는 거
야. 처음에 잘해주던 그 모습은 어디에도 없고 말이야.

★

너는 저만치 멀리 떨어져서는 왜 이렇게 늦게 오냐고
빨리 자기 옆으로 오라고 고함을 치는 거야.
처음에 잘해주던 그 모습은 어디에도 없고 말이야.

미련한 미련

그러니 서운할 수밖에 없지. 그런데 서운해도 말을 못하겠어. 내가 너무 속 좁은 사람처럼 보일까 봐. 그래서 혼자 속으로 참고 삭히고 더 잘해봐야지 하고 다짐해. 서운하다는 말을 해버리면 네가 날 떠나갈까 봐 두려워서 솔직하게 말할 수도 없어. 차라리 내가 조금 더 아파하고 내가 더 상처받으면서 네 곁을 지키는 게 낫다고 생각하니까. 참 미련하지.

이젠 너보다 내가 너를 더 많이 좋아하는 걸 수도 있겠다는 생각이 들더라.

다툼이 있을 때
우리가 정한 규칙

✕

첫째, 기분 상한다고 먼저 메신저 프로필 사진 내리지 않기.

둘째, 어떠한 이유가 있든 지난 일을 다시 꺼내면서 논쟁하지 않기.

셋째, 당장 화를 감당할 수 없다면 화를 가라앉히고 나서 대화하기.

넷째, 웬만하면 직접 만나서 문제에 대해 이야기하기.

다섯째, 전화기를 꺼놓거나, 수신 거부 하지 않기.

보통 사랑하는 연인 사이에 다투고 마음이 상했을 땐, 내가 지금 이만큼 기분이 안 좋다, 속이 상했다고 알아주길 바라서 상대방에게 다 표현해버리지. 그래서 나온 극단적인 표현으로 필요 이상으로 감정을 분출하곤 하는 거 같아. 사실 나도 너한테 그러고, 너도 나한테 그러고. 우리 둘 다 잘한 건 하나 없지만, 이제라도 규칙을 정해서 지켜보면 어떨까.

　사실 다 불필요한 다툼이잖아. 아직 사랑하는 마음이 미워하는 마음보다 더 크다면 말이야. 자꾸만 다툼이 잦아지는 우리가, 너무 속상해.

그래서 헤어지자고?

✕

　예쁜 카페에서 서로의 예쁜 모습을 찍어주기 바빴던 우리가, 어느새 싫증이 난 건지 자꾸만 의미 없이 휴대폰만 쳐다봐. 분위기 좀 바꿔보려고 재밌는 농담을 해도 돌아오는 건 차가운 반응뿐. 예전엔 꽃을 들고 기다리며 설레했던 네가, 약속시간에 늦는 날이 많아졌어. 하고 싶은 대로 다 해주겠다던 네 말이 무색하게, 왜 이렇게 이기적이냐며 나를 쏘아붙이는 너의 입술을 보고 느꼈어. 이 사랑은 끝난 거라고. 한쪽이 더 잘하려고 노력해도 바뀌지 않는다고 생각하긴 했지만, 사실 너도 이렇게 생각하고 있다는 걸 깨달았을 땐, 그때서야 알겠더라고.

　그래서 내가 먼저 헤어지자고 했어. 더 이상 비참해지기가 너무 싫어서.

마음이 아프면 울어야지,
뭐 그건 약도 없잖아

　헤어지고 가장 슬픈 건, 지금쯤 너는 뭘 하고 있을지 눈에 선한데, 정작 나는 할 수 있는 게 아무것도 없다는 거야. 너와 공유했던 가득 찬 일상이 텅 비어버렸어. 일부러 친구들과 약속을 잡아서 신나게 놀고 집에 돌아오면 뭐해. 덜컥 네 생각이 내 방 안에 가득 차 있는데. 너도 나만큼 이렇게 마음이 아플까. 나처럼 몰래 SNS를 훔쳐볼까. 연락하고 싶지만, 너는 아무렇지도 않은데 나 혼자 유난인 걸까 봐, 그러면 내가 너무 상처받을까 봐, 겁나. 그래도 이제는 슬픈 땐 슬퍼하려고. 눈물이 나오면 실컷 울고 다 게우고 다시 내일을 살아보려고. 계속 이렇게만 살 수는 없으니까. 내가 뭐가 아쉬워서.

엇갈린 길

✕

　왜 사랑은 끝까지 지키지 못하고 떠나보냈을 때 더 애틋하고 간절한 걸까. 헤어지자는 말 한마디에, 너는 흔쾌히 알겠다면서 발걸음을 돌렸지만, 며칠 지나지 않아서 다시 연락이 왔지. 잘못했다고, 이제야 지난날이 반성된다고. 다시 잘하려고 노력할 테니까, 한 번만 얼굴 보고 이야기하자는 너. 하지만 거절했어. 사실 나도 많이 흔들렸지만, 그래도 이게 최선의 선택인 거 같아. 분명 나도 어떤 날, 문득 새벽에 네가 그리워서 이 선택을 후회할 수도 있겠지만 말이야.

사람은 고쳐 쓸 수 없다는 말을 믿지 않아. 바뀌려고 하는 의지가 있는 사람은 분명 바뀌기 마련이니까. 그리고 그 사람이 바뀌도록 옆에서 도와주고 노력한다면 언젠가 바뀔 거라 믿으니까. 하지만 그 기회가 왔을 때마저도 바뀌지 않았던 사람은 계속 그대로일 거야, 여전히. 당장은 이유를 알 수 없는 이 공허함과 외로움 때문에 다시 돌아간다는 선택을 하기엔, 우린 이미 너무 많이 지나왔어.

사랑,
어쩌면 성장

연인 사이에 완벽한 사랑이란 게 존재할 수 있을까. 아마 완벽한 사랑이 존재하려면, 마치 나를 복제한 것처럼 나와 똑같은 사람을 만나는 방법밖에는 없을 거야. 다시 말하면 그런 일은 불가능하니까 이 세상에 완벽한 사랑은 없는 거지. 우리의 사랑 속에 기쁨, 환희, 슬픔, 분노, 외로움, 걱정과 같은 모든 감정들이 녹아 있는 건 당연한 거야. 그러니 지난 사랑이 끝나더라도, 실패라고 규정하지 말자. 그런 사랑을 통해 배운 것도 있고 행복한 추억도 남았을 테니 말이야. 지난 사랑을 너무 마음 한편에 담아두지 않았으면 좋겠다. 그리고 다가올 사랑을 이전 사랑과 비교하며 저울질하기보단 일단 맞이하자. 사랑을 하고 이별을 하고 다시 사랑을 하면서 비로소 성장한다고 믿고 있거든.

삶에 정답은 없어.

우리는 매 순간 선택의 기로에 놓이고,

그저 결정을 감당해내며 살아가는 것뿐이지.

틀린 건 없어. 잘못된 건 없어.

그러니 네 선택을 옳다고 여기고 앞으로 나아가.

너무 복잡할 땐 심호흡 한 번 하고 조금 쉬었다 가자.

이제 그럼, 나가볼까.

너에게만 좋은 사람이 되고 싶어

초판 1쇄 발행 2019년 10월 16일
초판 50쇄 발행 2022년 8월 16일

지은이   유귀선
그린이   다다

편집인   이기웅
기획   지민석
책임편집   이경란
편집   주소림, 안희주, 한의진, 김혜영, 양수인, 오윤나
디자인   최윤선, 정효진, 민유리
책임 마케팅 정재훈, 김서연, 김예진, 박시온, 김지원, 류지현, 김찬빈, 김소희
마케팅   유인철
경영지원   김희애, 박혜정, 박하은, 최성민
제작   제이오

펴낸이   유귀선
펴낸곳   ㈜바이포엠
출판등록   제2020-000145호(2020년 6월 10일)
주소   서울시 강남구 테헤란로 332, 에이치제이타워 20층
이메일   odr@studioodr.com

ISBN   979-11-968143-0-4 (03810)

스튜디오오드리는 ㈜바이포엠의 출판브랜드입니다